KB140102

Antoine de Saint-Exupéry

어린 왕자 그림 해석

그림으로 보는 생택쥐페리의 심리 이해

Antoine de Saint-Exupéry

어린 왕자 그림 해석

그 림 으 로 보 는 생 택 쥐 페 리 의 심 리 이 해

| 글 · 그림 신혜순

글, 그림 신 혜 순

독일 Trier 국립예술대학 및 대학원(석사)

원광대학원 사회복지학(석사)

원광대학원 보건학 미술치료(박사)

현재 한일장신대학교 심리상담학과 부교수

어린 왕자는 지구를 방문하였다가 다시 미지의 세계로 돌아가는 이야기를 그림과 이야기로 들려주고 있다.

어린 왕자, 그는 누구인가?
원하는 것은 무엇인가?
지구에 온 이유는 무엇인가?
무엇을 체험한 것인가?
어디로 사라졌는가?

필자는 이런 질문에 대한 심리학적 논의를 담고자 한다. 저자 생텍쥐페리(A. Saint-Exupéry)는 어린 왕자의 출현을 어떤 맥락에서 등장시키려는 것일까? 생텍쥐페리는 전쟁에 참여할 수 없는 연령임에도 불구하고 여러 번 탄원서를 정부에 제출하여 전쟁터에서 비행조종사로 근무하게 된다. 전쟁 중에 수차례에 걸쳐 심각한 부상을 입고 비행을 계속하다가 어느 날 갑자기 비행기와 함께 사라지는 사고를 당한다. 이것은 마치 어린 왕자가 마지막 생을 마감하는 것처럼, 별 속으로 사라지는 것과 비슷하다.

주인공 어린 왕자와 저자 생텍쥐페리 사이에는 어떤 관련이 있을까? 이 책은 그런 의문점들에 대한 심리학적 탐구의 결과물이다.

생텍쥐페리는 1942년 어느 날 미국 뉴욕의 한 식당에서 점심을 먹으며 장난삼아 하얀 냅킨에 그림을 그렸다. 그와 함께 점심을 먹던 출판업자 커티스 히치콕(Curtis Hitchcock)이 생텍쥐페리에게 무엇을 그리고 있는지 물었다. 그는 "별거 아냐. 마음에 담아두고 다니는 어린 녀석이야."라고 답했다. 히치콕이 그림을 살펴보면서 말했다. "이 아이에 관한 이야기를 써 보시면 어떨까요? 아동용 이야기로 올해 성탄절 전에 책을 낼 수 있으면 참 좋겠는데요." 이 말을 들은 생텍쥐페리는 색연필을 사고 이 일에 몰두했다.[1] 생텍쥐페리는 개인적 편지를 쓸 때도 삽화와 낙서 등 스케치를 즐겼다.

『어린 왕자』는 1943년 4월 7일 처음 미국에서 출판되었다. 이 책은 무려 190여 개 언어로 번역되었고, 지금도 여전히 애독되고 있다. 하늘을 사랑했고 하늘로 사라졌지만, 많은 이의 마음속에 지금도 살아 있다. 1994년 생텍쥐페리 탄생 50주년 되는 해를 맞이하여 미국에서는 그의 그림 전시회가 열렸다. 유로(euro)화가 통용되기 전 프랑스에서 사용하던 50프랑짜리 지폐에는 그의 얼굴, 세계 지도, 비행기, 모자, 보아 뱀과 별 등이 새겨져 있었다. 필자는 2005년 미국을 여행하던 중 우연히 중고 책방에서 『어린 왕자』 책(N. Y.: Harcourt, Brace & World, N.Y., 1943)을 발견하고 마치 보물을 찾은 것처럼 매우 흥분하였다. 현재 한국에서 번역 출판한 『어린 왕자』는 원래 미국에서 출판했던 것과 비교할 때 삽화나 거기에 나타난 색깔, 균형 등이 약간 변형되어 있다(강인순 역, 서울: 지경사: 2008). 이 둘을 비교해 보면서, 어

린 왕자의 마음속에 들어가 그림에 관한 내용을 보고 싶어 이 책을 쓰게 되었다.[2]

생텍쥐페리는 1920년 공군에 입대하여 조종사 훈련을 받았다. 그러한 체험을 바탕으로 『남방 우편기』, 『야간비행』, 『인간의 대지』, 『성채』, 『어린 왕자』 등 많은 책을 썼다. 『어린 왕자』 책 속에 들어 있는 모든 그림은 독특한 특징을 지니고 있다. 이를테면 어린 왕자 얼굴에 귀와 눈동자, 눈썹이 없는 점, 삐죽삐죽한 노란 머리카락, 그가 두른 긴 머플러의 움직임, 손의 모양과 둥근 원, 달, 별 등이 반복되어 있다. 생텍쥐페리는 『어린 왕자』 속에 있는 그림을 스스로 그렸기에, 거기엔 그의 심리 상태도 함께 담겨 있을 것이다. 특히 그는 『어린 왕자』 책 속에서 어린 왕자를 전체 그림 가운데 20번 넘게 그리고 있다. 우리는 보통 어린 왕자를 '영원한 아이'(Puer aeternus)라고 부른다. 생텍쥐페리는 그의 내면에 있는 성장하지 못한 상태의 어린아이를 어린 왕자로 그렸다고 볼 수 있다. 생텍쥐페리는 1900년에 태어났다. 아버지가 1904년 여름 괴한의 습격으로 사망한다. 이후 아버지 없이 할머니와 어머니 등 주로 여성의 손에 성장하였다. 그는 중학생이 되어 르망에 소재한 학교에 입학하고, 엄격한 기숙사 생활을 하였다. 열심히 공부하지도 반듯하게 처신하지도 않았고 신경질적인 태도를 보였으며 친한 친구 하나 없었다. 자녀에게 '아버지'는 바깥세상과 대표적으로 교류하는 자, 사회적 지위나 집단적 가치 규범, 전통적인 의식의 대변자이며 계승자이다. '어머니'란 이런 의식적인 면보다는 옛날부터 내려오는 관습을 보호하고 키우는 집단적 무의식과 생명의 원천을 나타낸다. 생텍쥐페리는 모성과 분리하지 못하고 영원히 어린아이인 채로 있고자 하는 '영원한 아이' 원형상의 상태, 즉 원형과 동일시하는 그림을 표현하였다고 볼 수 있다. 그는 스스로 자신의 삶을 살지 못하고, 어머니의 큰 비호와 이에 대한 의존심에 사로잡혀 항상 어머니를 그리워하고 집착하였다. 성장하지 못한 어린아이 같은 행동을 보였다. 인간의 내면에는 원래 나의 모습(원형)이 존재한다. 생텍쥐페리는 무의식의 강한 모성성에 의해 지배된 상태에서, 어머니로부터 도망가는 형상으로서 높은 하늘의 비행을 좋아했다고 볼 수 있다. 생텍쥐페리는 어머니로부터 멀리 달아나려고 비행을 하였지만, 항상 어머니를 그리워했다. 이렇게 비행을 좋아한다는 것은 생텍쥐페리의 정서가 떠 있음을 의미한다. 또한 그는 성적으로도 매우 떠 있어서 안정적인 일을 할 수 없었고, 한 사람에게 정착할 수도 없었다. 생텍쥐페리는 매우 많은 성 파트너를 지녔으며, 삶도 평탄하지 않았다.

『어린 왕자』는 그림과 글이 전체 27장으로 되어 있다. 이 책에서는 장마다 나오는 '영원한 아이' 원형인 생텍쥐페리의 심리적 상황(무의식 세계)과 배경에 그린 그림을 상징적으로 해석하였다.

그림 해석은 생텍쥐페리가 무의식의 심상에서 무엇을 표현하였는지, 그의 의도 및 느낌을 그의 객관적인 현실(의식 상황)의 관계와 내용에 따라 상징적 의미의 이해로 분석하였다. 또한 보는 사람의 직관, 감정, 사고, 감각 등 총체적인 접근을 시도하였다. 공간의 배분, 형상의 비율, 움직임, 필압, 결합과 구성, 크기, 방향, 색(색채 상징), 수(수상징), 그림 내용의 상징성(개인적, 현실적, 집단적, 신화적 의미) 등 표현 특성상의 전체적 인상에 대하여 해석하였다.

필자는 이 책에서 생텍쥐페리 내면에 있는 창조적 정신의 밝고도 어두운 이중성, 즉 정신적 대극(psychic opposites)으로서 두 개의 인격이 존재하는 것을 보았다. 전체적인 그림 내용은 생텍쥐페리가 내면의 어린 왕자(자기, self)와 함께 대화와 분화의 시도를 말하려는 듯, 지구로부터 여행을 떠나 겪는 여러 가지 모험을 표현하고 있다. 어머니로 벗어나지 못하고 1944년 44살 때 자유를 향해 별 속으로 사라지는 자살의 환상이 담겨 있는 내용을 한 편의 드라마처럼 그렸다고 볼 수 있다.

어린 왕자가 보여 주는 그림들과 그들의 다양하고 독특한 특징은 생텍쥐페리의 마음을 이해해 보는 소중한 기회를 제공한다. 그림은 우리에게 말을 해주고 그 시대의 아픔도 전해 준다. 『어린 왕자』 책을 읽은 모든 사람과 미술치료사, 심리치료사, 사회복지사, 그리고 모성 콤플렉스에 빠져 있는 남성들에게 이 책을 바친다.

이 책의 출판을 위해 그동안 가르쳐 주신 분석가 박효인 선생님과 이 글을 마지막에 읽어 준 친구 채은하와 이 책을 세상에 빛을 보게 해 준 한국학술 정보에게 깊은 감사를 드린다. 본 서는 한일장신대학교 연구비 지원으로 출판된 책이다.

2019년 8월
신 혜 순

목 차

머릿그림

머릿그림: 어린 왕자의 비행(飛行)

　머릿그림 1은 어린 왕자가 11개의 별이 떠 있는 곳에서 11마리의 보라색 새에 매달린 밧줄을 잡고 좌측 위로 날아가는 모습을 보여주고 있다. 좌측 그림에서 그는 둥근 땅 모양을 한 원을 떠나 새들에 매달린 끈을 잡고 막 날기 시작한다. 둥근 모양의 땅을 떠나 별들이 있는 우주의 어느 갈색 장소(별?)로 날아가고 있다. 우측 그림에는 별 4개만 그려져 있다.

　새(Birds)는 오래전부터 인간의 영혼을 나타내는 상징으로 사용되며, 물질에 반대되는 정신적인 것을 의미한다. 예를 들어 이집트의 파피루스에 새긴 그림을 보면, 사람 머리를 가진 새를 영혼 자체 혹은 죽음 이후 육신을 떠난 영혼을 가리키는 것으로 보고 있다. 보통 새 한 마리는 신성한 사자(死者) 혹은 신의 상징으로 보지만, 한 무리의 새는 부정적인 의미를 갖기도 한다. 머릿그림 1에 나타난 11마리의 새처럼 무리가 많다는 것은 신성의 의미를 떠나 부적절함이나 죽음, 그리고 새로운 탄생으로의 변화 과정에서 요구되는 갈등을 반영하고 있다.3) 이것은 어린 왕자의 정신적·영적인 내용이 너무 위로 비상해 있어 땅에 발을 디딜 수 없는 상태, 현실을 도피하고 있는 상태라고도 볼 수 있다. 또한 이렇게 떠 있으면 정서적으로 떠 있고,

너무 높이 떠 있어서 불안하기도 하다. 그러나 다른 한편으로 날아
다니는 새는 의식 고양 상태에 이르는 초월적인 능력, 사고, 상상력
을 상징한다.4) 그런 의미에서 머릿그림이 보여 주는 새는 생텍쥐페
리가 추구하는, 초월적으로 비행하려는 그의 심리 상태를 나타낸다
고 할 수 있다.

11마리 새에서 숫자 11은 10이라는 완전수를 넘어선 숫자이다. 이
것은 숫자 11이 기독교적 전통에서 다소 좋지 못한 평판을 얻게 된 근
거가 되기도 한다. 즉 11은 악마, (모세의 십계명을 벗어난) 죄악, 무절
제, 갈등, 오만과 질병을 의미하는 숫자가 되었다. 이로 인하여 11은
우주의 질서에 따르지 않고 이를 넘어서는 인간과 관련이 있다.5)

또 다른 해석으로 숫자 11은 변화(transition), 갈등, 균형을 회복
하기 위한 도전을 나타내는 것으로서 불안과 위험을 나타낸다. 완성
을 상징하는 10에서 다시 시작하는 11은 변화와 재난, 심지어는 순
교와 연관되거나 십계명을 위반한 숫자로 죄악을 나타내기도 한다.

전체 배경에는 11개의 별(Star)이 그려져 있다. 하늘에 떠 있는 별
은 인간에게 언제나 매혹적이다. 신화에 의하면 별은 우리의 영혼이
기원하는 곳이자 사후에 영혼이 되돌아가는 영역이다. 점성술은 서
구뿐만 아니라 인도, 중국 그리고 모든 고등 문명이 발달한 곳까지
널리 퍼져 있고, 긴 전통과 역사를 가지고 있다. 따라서 별은 개인의
미래뿐 아니라 인류의 미래를 예언하는 기능을 하고 있다.6)

별은 어두운 밤하늘에 밝은 빛을 비추어 길 잃은 자들의 길을 찾아 주는 안내자이다. 고대인은 별을 천상이 땅에 베푸는 호의로서 안내의 상징이라고 생각했다. 동방 박사들을 그리스도가 탄생한 베들레헴으로 인도했던 별이 그 예이다. 별은 영혼과도 연관되어 있다. 고대 그리스 철학자들에 의하면 영혼은 신체 속에만 있는 것이 아니라 별처럼 개인의 위에 높이 떠 있다. 이러한 영혼의 별이 그 개인에게 어떤 일에 대한 영감, 창조성, 열성 등을 불러일으킨다고 생각했다. 별이 지닌 다섯 개의 꼭짓점은 이집트의 상형문자로 된 고대 문헌에 "근원적인 지점을 향하여 위로 떠오른다."라는 의미를 가지고 있다. 다섯 개의 꼭짓점을 가진 별의 형태는 인간이 두 발로 서 있는 모습과 비슷하다. 내면에 존재하는 영감을 현실로 가져올 수 있는 능력이 나타남을 시사한다고 할 수 있다.7)

11마리 새를 붙들고 있는 끈(Cord)도 모두 11개이다. 끈이 끊어지면 어린 왕자는 지상으로 떨어진다. 이처럼 끈은 위태로운 인간의 생명을 나타낸다. 끈이나 그물은 상반되는 두 가지 의미가 있다. 속박, 제한과 함께 무한의 연장과 자유를 나타낸다. 앞으로 이끌 수도 있고, 운명에 묶어 둘 수도 있다.8)

노란색 머플러를 걸치고 있는 어린 왕자는 11개의 끈을 잡고 떠나는데, 그의 머플러는 상대적으로 매우 길다. 보통 머플러는 목을 보호하거나 따뜻하게 하는 용도로 쓴다. 바람의 방향을 알 수 있도록 그리고 어떤 지시나 상태를 알 수 있도록 하는 듯하다. 바람은 남성적인 것의 모상(模像)인 원형이다. 아버지처럼 세계를 움직이는 것, 창조적 기풍, 입김, 기(氣), 아트만(Atman), 영(靈)을 상징한다. 남자는 인간의 법과 국가, 이성과 정신의 관계를 결정하는 존재이며 자연의 동적인 힘, 바람과 폭풍과 뇌성과 번개 같은 것이다.9) 그러므로 어린 왕자가 걸치고 있는 머플러는 이성과 정신 그리고 의식과 무의식에 대한 내면의 소리를 보여주고 있다. 또한 목은 '머리'와 '몸'을 연결하는 신체적 부위이다. '머리'는 지성과 의식, '몸'은 감정이나 본능 그리고 무의식의 자리이다. 그렇다면 그것은 지성과 감정, 의식과 무의식, 정신적인 것과 본능적인 것을 이어 주는 것으로 볼 수 있다.10)

어린 왕자의 머리카락과 머플러의 색은 밝은 노란색으로 되어 있어 태양을 연상시킨다. 태양은 밝은 빛과 따뜻함, 그리고 삼라만상에 생명을 부여하는 힘을 가지고 있다. 빛의 근원인 태양과 연관된다는 점에서 노란색은 '볼 수 있는 것' 혹은 '이해할 수 있는 어떤 것'을 상징한다. 이러한 상징성은 신성한 품격을 가지고 있는 의식을 나타낸다. 이는 보지 못한 것을 상상하고 계획하는 본능 이상의 능력으로 나타난다고 할 수 있다. 그러면서도 노란색은 갈등에서 벗어나야 할 필요성을 암시하기도 한다. 따라서 노란색을 좋아하는 사람은 새로운 미래, 현재적이면서도 보이지 않는 무언가를 지향하고 있음을 시사한다. 이 그림에서는 새 외에 모든 형상이 거의 노란색으로 그려져 있다. 노란색이 압도적으로 많을 때처럼, 지나치게 밝아 보이거나 형광처럼 빛나는 색은 팽창의 증거라고 볼 수 있다. 또한 이러한 정신의 팽창은 그림자 내지 어두운 면을 숨기는 경향으로도 볼 수 있다.11) 노란색은 금속인 금을 연상시키며, 그것은 항상 변치 않는다는 의미를 지닌다. 여러 다른 문화권에서 역설적이게도 영원한 내면의 정신적 중심을 나타내는 상징이 된다.12)

　분석심리학의 그림 분석에서 도화지의 빈 공간은 하나의 우주와 같은 것이다. 상부(上剖)는 하늘이자 이성(理性)과 정신적인 것의 좌(座)이며, 하부(下剖)는 대지(大地)이자 모성적, 본능적 신체적인 것의 자리이다. 지상의 형상들은 우리가 살고 있는 구체적 현실에 비길 수 있다. 그러므로 어떤 형상이 하늘에 떠 있고 대지와 결속이 끊겨 있는가에 따라 심리적 의미가 달라진다. 오른손은 우리에게 낯익고 익숙한 측면으로 현실 의식계를 가리킨다. 왼손은 서툴고 낯설고 생소한 측면으로 미지의 정신세계, 무의식에 비길 수 있다. 아래쪽의 방향 역시 무의식 세계를 나타낸다. 그러므로 그림 속의 형상이 어느 편에 치우쳐 있는지, 어느 편을 향하여 움직이고 있는지도 그 나름대로 의미가 있다. 다만 이것을 너무 형식적으로 이용하여 기계적으로 풀이하는 것은 삼가야 한다.13)

　어린 왕자가 목에 걸치고 있는 노란색의 긴 머플러는 좌측 위(미래, 무의식의 방향)에서 우측 아래로 강하게 불어오는 바람에 날린다. 어린 왕자가 미래에 대한 많은 생각, 상상, 환상을 가지고 날아가는 것으로 볼 수 있다. 어린 왕자가 공중에 떠 있는 것에 대하여 우리는 정서적으로 허공에 떠 있다고 말한다. 조증환자들의 그림을 보면 높은 구름 혹은 다리 위에 떠 있거나 지상에서 너무 멀리 떠 있어 불안한 증상을 보인다. 허공에 떠 있는 그림은 그들의 정서가 안정되지 못해 안정적이고 반복되는 일상에 지장이 있음을 나타낸

다. 예를 들면 생텍쥐페리는 결혼 생활도 안정되지 못했고 삶도 평
탄하지 않았다. 이것은 머릿그림에서 보듯이 어린 왕자가 공중에 부
유하는 모습으로 나타나고 있다. 그는 하늘을 날고 이상적인 무언가
를 추구하지만, 현실에서 안정적으로 이루는 것이 없어 불안할 수밖
에 없다. 그는 성적으로도 불안해서 한 사람에게 정착할 수 없었고,
많은 이성 교제 상대를 찾기도 하였다.[14]

일반적으로 미술치료나 꿈 분석에서 내담자가 그린 첫 번째 그림
혹은 꿈을 통해 내담자의 전체 치료 목표나 방향 등을 파악할 수 있
다. 그래서 매우 신중하게 다루어야 한다. 내담자나 우리가 그린 그
림은 우리 자신도 모르게 그린 것이다. 여기에선 그림을 심리학적
이해를 위한 접근 방법으로 해석하였다. 그림 해석에서 선, 형태, 숫
자, 색상, 크기, 방향과 공간 등의 위치는 중요한 의미가 있다. 상담
할 시점에 맞추어 온전하고 적절한 정보를 제공해 준다. 모든 선은
운필, 필압, 필치, 터치 등에 따라 심리적 상태, 신체적 상태까지 표
현할 수 있다. 칸딘스키(Kandinsky)는 형태를 내적인 내용의 표현으
로 설명하였다.[15] 색채는 형태 없이도 드러나는 상징으로서 감정,
기분, 정서 등 그 자신의 색채로 삶의 한 부분을 나타내기도 한다.
특히 내담자가 그린 그림에 나타난 숫자는 그(그녀)의 나이나 그때
일어난 인생의 사건이 어떠했는지를 파악하거나 점검해 줄 수 있는
단서가 되기도 한다. 예를 들면 『어린 왕자』 책 속에 들어 있는 그
림 5-3(바오밥나무 위에 서 있는 어린 왕자)을 보면 17개의 별이 그
려져 있다. 이 숫자는 17세 때 생텍쥐페리의 동생이 죽은 사건을 연
상시킨다.

머릿그림은 노란색의 머리를 가진 어린 왕자가 원을 떠나서 별(갈색)을 향해 하늘로 비행하는 형상을 하고 있다. 여기 보이는 원은 그 원 안에 있는 것을 보호하거나 강화 내지는 제한한다는 의미가 있다. 보통 원은 모계중심 사회의 부락 형태, 고대의 신성한 장소를 상기시킨다. 해와 달은 흔히 원으로 그려진다. 원은 시작과 끝이 없는 선으로 이루어졌기에 영원을 상징한다고도 할 수 있다.16) 지구는 둥근 원이고, 원 꼴의 둥근 이미지는 모두 인간의 정신과 전체성을 상징한다. 일반적으로 종교에서 원 모양은 가장 강력한 상징이다. 또한 원은 가장 자연스러운 모양으로 신성한 영혼이나 마음을 나타내는 것, 바다로서의 어머니인 여성 원리를 나타낸다.17) 그러므로 머릿그림에서 어린 왕자가 둥근 원을 떠나는 것은 어머니로부터 멀리 달아나려고 하는 무의식의 배열을 나타낸다고 할 수 있다. 이런 사람들이 한 여성에게 정착하지 못하고 여성 편력 성향을 갖게 되는 것은 어머니의 사랑, 간섭, 익애(溺愛)에 먹힐 것을 두려워하는 경향이 있기 때문이다.

머릿그림에서 어린 왕자의 비행은 생텍쥐페리가 자신의 별에 정착하지 못하고 보라색 새와 함께 운명의 끈을 잡고 초월적인 미지의 갈색 별을 향해 날아가는 것이다. 갈색은 생명과 따뜻함을 나타내는 대지의 색상으로 포근함과 감각적 만족에 대한 욕구가 높은 색으로 볼 수 있다. 이 그림에선 날아가는 새를 보라색으로 표현하였다. 보라색은 빨간색과 파란색 두 얼굴을 가진 혼합색으로 자극과 억제를 동시에 지니고 있다. 통일성을 이루기 어려운 심한 갈등의 색이기도 하다. 또한 보라색은 창의적이거나 불안정한 심리를 표현한다. 진기

한 것, 기이한 것을 좋아하는 사람은 항상 보라색 선호와 관련이 있다. 전체 그림에서 우측 배경에는 별 4개만 그려져 있다. 4는 정사각형으로서 대지, 육체 그리고 완전성, 전체성, 합리성, 정의를 상징하는 숫자이다. 생텍쥐페리가 정신적으로 완전한 자유를 지향하고 있음을 나타낸다.

제1장

어린 동물을 삼키는 뱀

1) 어린 동물을 삼키는 뱀

그림 1-1

그림 1-1에서 뱀은 빨간색 혀가 보이도록 입을 크게 벌려 어린 동물을 칭칭 감아 입속에 넣으려 하고 있다. 어린 동물은 뱀이 주리를 틀고 있어서 꼼짝하지 못하고 공포 속에 갇혀 있는 상태이다. 생텍쥐페리는 6살 때 원시림에서 겪었던 이야기를 적은 책을 본 적이 있다. 보아 뱀이 어린 동물을 칭칭 감고 통째로 먹으려는 이야기였다.

그것을 먹고 소화하는 데는 6개월이나 걸린다고 한다. 보아 뱀은 6개월 동안 움직이지 않고 잠을 자야 그 어린 동물을 소화할 수 있다고 한다. 보아 뱀은 보통 어린 동물을 통째로 삼킨다. 생텍쥐페리는 6살 때 이 그림을 보고 매우 놀랐고, 이는 그의 뇌리에 남아 있다가 나중에 그의 책 속 그림 1-1로 나타나게 되었다.

　보통 뱀은 원초적 본능, 즉 미분화한 생명력의 분출을 나타내며, 잠재적 활력, 영적 활력성을 상징한다. 우주론에서 뱀은 만물이 나와서 다시 회귀하는 대해(大海), 태고의 미분화한 혼돈을 나타낸다. 그림1-1은 자신의 꼬리를 물고 있는 뱀 또는 용의 모습으로 묘사되는 우로보로스(Ouroboros)를 연상시킨다. 이것은 '내게 끝은 곧 시작이다.'라는 의미로 이해될 수 있다. 또한 뱀은 다리나 날개가 없이 움직이는 것으로서 모든 것에 침투하는 영을 상징하기도 한다.[18]

　뱀은 나선형으로 또는 똘똘 말아서 빛의 속도로 힘차게 나아가거나 교묘하게 빠져나간다. 따라서 순식간에 사라지는 우주의 창조주, 조상들, 파괴자 혹은 신성한 존재로 알려져 있다. 뱀은 의식에서 볼 수 없는 것을 볼 수 있다. 허물을 벗는 행위는 재생과 부활 그리고 불멸을 의미한다. 고대 그리스의 신 아스클레피오스(Asclepius)를 모시는 뱀은 '의술의 귀재' 혹은 '수호신'으로 구현되어 종종 아스클레피오스의 지팡이에 감겨 있다. 뱀은 항상 모든 곳에서 삶과 죽음을 만들어내는 힘, 조상들의 정신의 형태, 죽음의 땅으로의 안내, 변화와 회귀에 숨겨진 과정의 중재자로서 역할을 한다.[19]

동물이 상징하는 것은 전통적으로 동물 자체가 가지는 자연적 성품에 기반을 둔다. 모든 시대의 종교와 예술에서 볼 수 있는 풍부한 동물들은 단순히 상징의 중요성만을 강조한 것이 아니다. 원시적이고 본능적인 것으로서 인간의 정신적 내용, 즉 본능을 그들의 삶과 통합하는 것이 얼마나 중요한가를 보여 준다. 구약성경 창세기를 보면 뱀은 에덴동산에서 하와를 꾀어 선악과를 먹게 한 동물로서, 정신적인 부분과 본능적인 부분을 모두 갖고 있는 것으로 나타난다. 단군신화에 나타난 곰과 호랑이는 동물적 본능의 의식화를 말하며 인격의 분화 발달, 나아가 자기실현 과정을 말한다. 융이 말한 것처럼 "흔히 민담이나 민속신앙에서 동물들은 앞으로 일어날 일을 사람보다 먼저 아는 것으로 나타난다. 이것은 심리학적으로 자아의식보다 미래의 일을 미리 예측하는 무의식의 직관 능력을 상징적으로 표현한다."[20] 동물의 본능은 무의식과 가깝다고 볼 수 있다. 고대 신들은 부분적이지만 다양한 동물과 인간의 모양이 섞여 있다. 기독교에서도 동물 상징은 중요한 역할을 한다. 그리스도 자신도 하나님의 어린 양을, 기독교는 물고기 혹은 새로 나타나지만, 십자가 위에 높이 올려진 뱀이나 사자로 표현하기도 한다. 예수가 마구간에서 탄생한 것도 크리스마스 이야기로 아름답게 상징화하고 있다.

그림 1-1에서 보아 뱀이 동물을 섭취하는 것은 생존을 위해 꼭 필요한 일이지만 동시에 위험한 일이기도 하다. 왜냐하면 동물을 소화하기 위해선 6개월이나 되는 긴 시간 동안 잠을 자야 하기 때문이다. 이것은 소화, 즉 의식화를 하려면 많은 시간이 필요한 상태를 의미한다. 보아 뱀은 먹이를 먹었지만 통째로 먹고 의식화해야 한다는

것이 이 그림에서 보여 주려는 의도이다. 또한 지금 먹히고 있는 동물은 곧 죽게 된다는 순간을 알아차려야 한다. 뱀에 감겨 있는 동물은 통째로 먹혀 버릴지도 모르는 두려운 순간을 보여주는 듯하다. 그러므로 그림 1-1은 칭칭 감겨서 통째로 삼켜질 수 있는 위험한 상태, 즉 생텍쥐페리가 성장하지 못하도록 뭔가에 묶여 있는 무의식의 상태를 보여주고 있다. 그림 1-1의 보아 뱀을 생텍쥐페리는 어떤 의미로 그린 것일까? 남성에게 모성 콤플렉스는 매우 중요하고 심각한 문제이다. 이 그림처럼 두려운 것, 생명의 위협을 느끼는 것, 칭칭 감겨서 답답한 것, 그리고 더 성장하지 못하도록 하는 것을 상징한다. 뱀이 동물을 감고 있듯이, 생텍쥐페리는 모성 콤플렉스에 사로잡혀 본인도 이처럼 감겨 있는 상태임을 표현하고 있다.

　필자는 7살짜리 아동을 미술치료한 적이 있다. 아동은 도화지 전체에 생텍쥐페리가 그린 것처럼 입을 매우 크게 벌리고 있는 동물을 그렸다. 일반적으로 그림 해석에서 이렇게 크게 그린 형태(동물, 사람, 나무, 사물 등)는 자신에게 중요하거나 위협이 되거나 짜증나고 불안한 것을 강조한 것이다. 아동은 입을 크게 벌리고 있는 동물이 사람을 유인해서 잡아먹으려고 한다면서 무섭다고 설명하였다. 그런데 그 동물은 무서운 아빠를 닮았고, 아빠보다 더 무서운 것은 큰소리로 야단치는 엄마라고 하였다. 이렇게 어머니와의 부정적 경험은 그의 내면에 부정적 콤플렉스가 되어 성장했을 때 자신의 배우자나 파트너에게 투사될 수 있다. 이것은 마치 생텍쥐페리가 6세였을 때 소리치는 무서운 어머니를 보고 놀랐던 것과 같다. 대부분의 성장한 남성은 여성과 살고 있다고 하여도 여성과 건강한 관계를 맺기 어려울 수 있다. 이를테면 그림 1-1에 나타난 뱀이 동물을 휘감고 있는 듯한 답답한 느낌을 함께 사는 여성에게서 받게 된다. 그는 온갖 구실을 만들어 그 여성을 미운 사람, 사랑할 수 없는 사람으로 합리화한다. 그리고 그 명분 아래 여성을 떠난다. 이때 그 남자가 깨달아야 할 것은 자기 안에 숨겨진 억압적인 모성 콤플렉스이다. 그 투사(投射, Projection)를 자신의 배우자나 파트너에게 한 것이다.

여기에서 말하는 '투사'(投射, Projection)란 자기 마음속에 있는 것이 자신도 모르게 밖으로 드러나게 되는 것이다. 거기에서부터 자기 마음의 일부를 보게 된다. 무의식에 있는 것은 무엇이든지 밖으로 투사될 수 있다. 우리나라 속담에 "똥 묻은 개가 겨 묻은 개를 나무란다."라는 말이 있다. "자기 눈의 들보를 모르고 남의 티를 탓한다."라는 성경 말씀도 있다. 자기 속에 더러운 것은 깨닫지 못하고 남의 사소한 잘못을 호되게 나무랄 때를 비유한 것이다. 정신분석에 따르면, 투사 현상은 자기 마음속에 좋지 않은 생각과 성격이 있다는 사실을 스스로 받아들이기가 괴롭기 때문에 일어난다. 투사는 자기 안의 나쁜 것을 보지 않기 위해 그것을 남의 탓으로 돌리는 일종의 무의식적인 방어기제이다. 무의식적인 내용의 의식화 과정에서 투사란 지양해야 할 것이며, 투사했던 무의식의 내용은 다시 의식의 일부로 동화되어야 한다. 자아의 입장에서 투사된 내용은 '좋지 않은 것', '바람직하지 않은 것'처럼 여기기 쉽다. 그러나 분석심리학에서 투사는 의식화하기에 가장 좋은 조건이기도 하다. 투사조차 일어나지 않은 상태에서는 의식화할 경험적 근거가 희박해서 오히려 그것을 깨닫기 어렵다.[21]

무의식 세계는 언제라도 밖으로 투사될 수 있다. 투사는 자기가 가지고 있는 것을 인식할 기회, 그것을 깨닫도록 하는 목적이 있다. 어떤 특정한 사람이나 대상에 대하여 강렬한 감정이 일어날 때, 또는 공연히 누군가에게 호감이 갈 때 무의식의 투사가 일어날 가능성이 있다. 누군가를 격렬히 비난하고 싶어질 때, 우리를 눈멀게 하는 투사 현상이 있는지 한번 생각해 볼 필요가 있다.

인간이 경험하는 첫 번째 여성은 어머니다. 어머니는 교사 역할을 하면서 아이를 먹이고 몸을 돌보며 편안함을 준다. 어머니의 힘은 가히 헤아릴 수 없다. 입맞춤은 아이의 고통을 잠재우고, 두 팔은 아이를 편안하게 품어 잠을 재우며, 모든 신체적 욕구와 정서적 욕구를 만족시킨다. 어머니와 아이의 모자 관계는 이처럼 끊을 수 없을 만큼 긴밀하고 아름답다. 하지만 정반대로 어머니와의 관계가 잔인할 수도 있다는 점을 간과해서는 안 된다. 이를테면 어머니가 부정적인 이미지를 줄 때, 자녀에게는 강한 모성 콤플렉스가 발달하게 된다. 어머니에게 긍정적인 인상을 받으면 긍정적인 모성 콤플렉스가 발달하지만, 부정적인 인상을 받으면 부정적인 모성 콤플렉스가 발달한다. 모든 남성에게는 긍정적이든 부정적이든 모성 콤플렉스가 있다. 이것이 병리적인 현상이 아니라는 점을 기억할 필요가 있다. 어머니가 아들을 과잉보호하면 아들은 어머니의 인생으로부터 멀어지고 싶은 무의식이 생긴다. 이것은 개인적인 수준의 '삼켜버리는 어머니'로 설명된다. 어머니는 아들에 대하여 불안한 마음이 있기에 "하지 말아라. 위험하다. 나가서 아이들하고 놀지 마라. 넘어져 상처를 입거나 머리를 다칠 수도 있어."라고 하면서 간섭하게 된다. 그리고 아들이 여자 친구하고 데이트를 시작하게 될 때 마찰을 빚는다.
"내가 좋아하는 여자가 아니야. 그 여자는 너에게 맞지 않아."라는
말로서 아들을 자기 손아귀에 꽉 움켜쥐려고 한다. 이렇게 자란 아
들은 남성적인 능력을 상당 부분 상실하게 되고, 심리적으로 집어
삼키는(Fressend) 어머니에게 빠지고 만다.22)

   모성이란 지금 살아 있는 현재의 '어머니'를 가리키는 것이 아니
다. 그것은 모성 원형에 관계되는 인류의 보편적인 모성적 심리 또
는 모성 본능, 그 산출성, 인내성, 포용력, 양육과 보호의 본능, 예시
적 기능, 기다림, 영원성을 지닌다. 그리고 뜨겁고 파괴적인 애정, 마
취성, 질식할 듯한 독점욕, 지배욕 등을 포함한 긍정적 특징과 부정
적 특징을 모두 지니고 있다. 그런데 모성 콤플렉스는 현실적인 어
머니가 그 자식을 지나치게 본능적으로 보호할 때도 부정적인 경향
을 띠게 된다. 어머니가 어머니의 따뜻한 정을 자식에게 전혀 줄 수
없을 때가 있다. 즉 어머니의 '아니무스'(Animus)23)가 제대로 분화
되지 못하여 부정적 아니무스를 지니게 되면 그녀는 건전한 모성 본
능의 기능을 발휘하지 못한다. 어머니가 없어서 그런 정을 받지 못
했을 때도 문제가 된다. 모성 콤플렉스를 지닌 남성은 결혼하여 가
장이 되고 자식을 낳고 아이를 기르거나 직업을 갖는 등 현실 생활
에 정착하지 못한다. 영원히 아름다운 것을 추구하며 영원한 젊음을
구가하려는 돈 후안(Don Juan) 형의 노총각 또는 이와 비슷한 부류
의 사람이 된다. 이들은 때로 이상주의자 집단에 끼어 사회 운동을
하고, '혁명적' 정신으로 다른 나라의 내란에 뛰어들며, 아슬아슬한
모험을 한다. 스스로 정의라고 믿고 있는 것을 위하여 자신의 목숨

을 초개와 같이 던지려는 사람들에게서도 모성 콤플렉스의 증후를
볼 수 있다.24)

어린이가 보는 동화 가운데는 식물이나 동물이 사람처럼 말하는
것들이 있다. 이는 어린이가 가진 무의식적인 생각과 감정을 동식물
의 말로 표현한 것(의인화)이다. 그림 1-1에서 어린 동물을 삼킨 뱀
은 잠을 잔다. 잠을 잔다는 것은 무의식 상태에 든다는 것이다. 또한
움직이지 않으므로 쉰다는 의미이다. 삼키는 뱀의 색상은 주황색으
로 노랑과 빨강의 혼합색이다. 주황색은 따뜻함, 활동성, 호기심, 불
그리고 일출의 상징이다. 또한 불안을 유발하거나 경계의 의미를 나
타내기도 한다. 이 그림은 불같이 활동성 넘치는 주황색 뱀이 보라
색 어린 동물을 자기 것으로 만들어 가는 상황이다. 삼켜지는 어린
동물은 어쩔 수 없는 절박한 상황에 꼼짝하지 못하고 서서히 힘을
잃어간다. 이를 마치 병들어 죽어가는 것처럼 차가운 보라색으로 표
현하고 있다. 이 그림을 생텍쥐페리의 인생과 연결해 보면, 그는
1900년에 태어났으나 1904년 3살 반 때 아버지가 뇌출혈로 사망하
게 된다. 그림 1-1은 그가 아버지를 일찍 잃고 아버지 대신 어머니
와 긴밀하게 연결되어 강한 모성 콤플렉스에 사로잡힌 남성으로 성
장하게 된 배경을 보여주고 있다.

2) 모자

그림 1-2

생텍쥐페리는 그림 1-2를 보면서 다음과 같이 말하고 있다.

> 나는 이 그림을 어른들에게 보이며 "이거 무섭죠?"하고 물어 보았습니다. 그랬더니 어른들은 "모자가 뭐가 무섭니?"라고 대답하였습니다. 내가 그린 것은 모자가 아니고 코끼리를 소화시키고 있는 보아 뱀의 그림입니다. 그래서 나는 어른들이 알아볼 수 있도록 보아 뱀의 배 속을 그려 보았습니다. 어른들이란 이런 식으로 설명을 해주어야 하니까요. 나의 그림 1-2호를 그렸더니 "밖을 그리든 안을 그리든 제발 뱀 따위는 그만 그리고, 지리와 역사와 수학과 국어를 공부하는 게 좋겠다." 그래서 나는 6살 때, 화가라는 멋진 꿈을 포기하게 되었습니다. 첫 번째 그림도 두 번째 그림도 이해를 받지 못했기 때문에 그만 기가 죽어 버린 것입니다.[25]

위 그림 1-2는 갈색 모자처럼 보이는데 왼편으로 기울어져 있다. 보통 모자는 직위나 권위를 나타내며 멋을 내거나 가리는 등 다양한 용도로 쓴다. 또한 모자는 머리에 쓰는 것으로 생각, 사고, 의견 등 자신도 모르는 어떤 무의식적인 내용, 사고, 의견, 생각 등과 관련되어 있다.

3) 보아 뱀 배 속의 코끼리

그림 1-3

그림 1-3은 모자처럼 보이지 않는다. 커다랗게 눈을 뜨고 서 있는 코끼리를 배 속에 지니고 있는 보아 뱀을 무채색으로 그렸다. 생텍쥐페리는 이 그림을 설명하기를, "코끼리가 보아 뱀의 배 속에 갇혀 있으니 성장할 수가 없다."라고 하였다. 그는 그림 1-2, 1-3을 그리고 난 후 화가가 되는 꿈을 포기하였다. 그림 1-3의 코끼리 역시 보아 뱀 배 속에 갇혀 있기에 답답하고, 성장하지 못한다. 그는 자신의 마음을 그림으로 표현했지만, 어른들은 그림과 그의 마음을 이해하지 못했다. 결국 그는 화가의 꿈을 포기하기에 이르렀다. 6살 때 모성 콤플렉스를 그림으로 표현했지만, 아무도 그의 마음을 이해해주지 않았다. 배 속에 있는 코끼리는 보아 뱀 새끼(아이)로서 생텍쥐페리 자신을 나타낸다고 볼 수 있다.

이 그림은 분명히 집어삼키는(Fressend) 모성 상이다. 더 깊은 의미에선 그의 삶을 질식시키고 인간으로 성장하지 못하도록 무의식에 사로잡힌 것을 표현한다. 이것은 매우 위험한 상황이다. 원래 코끼리는 알렉산더 대왕이 인도에 가서 처음 보고 유럽으로 데리고 왔던 만큼 유럽에서는 낯선 동물이었다. 척박한 사막에서 코끼리는 1m 아래 물이 있는 장소를 알고 살아가는 지혜를 갖고 있다. 그림 1-3은 이렇게 귀하고 지혜롭고 영웅적인 코끼리가 보아 뱀 배 속에 갇혀 클 수 없는 상태를 나타내고 있다. 생텍쥐페리가 그린 보아 뱀 배 속의 코끼리는 갇혀 있고, 또한 무채색으로 자신의 감정을 표출하지 못하고 있다. 이는 그 자신의 모습을 그린 것이라고 볼 수 있다. 보아 뱀처럼 강한 어머니에게 억압되어 있거나 통제를 받는 아이들은, 겉으로 표출할 수는 없어도, 무의식 세계에서 각종 신경증에 노출될 수 있다.

인간의 마음속에 무의식이 있다는 것은 퍽 오래전부터 알려진 사실이다. 이것을 과학의 대상으로 삼고 연구한 사람은 프로이트(G. Freud)였다. 노이로제 환자를 치료하면서, 그는 무의식의 정신이 일정한 과정을 거쳐 의식에 작용하고 있다는 사실을 발견한 것이다. 즉 히스테리 환자가 물을 마시지 못하거나 오른팔이 아무 까닭 없이 마비를 일으키거나 말문이 막힐 때, 최면 치료를 통해 환자에게 오래전 겪은 마음의 상처가 있다는 것을 알게 되었다. 까마득히 잊어버리고 있던 과거의 기억을 떠올려 말하도록 하자 마비 증상이 없어졌고, 더 나아가 물을 마시고 말을 하게 되었다. 이처럼 인간이 표현하지 못하는 무의식의 세계는 인간 내면세계와 심리 상태를 알려주는 바로미터라고 할 수 있다. 무의식에 대한 이부영의 이해가 도움이 될 것이다.

무의식은 '샘물'과 같은 것으로 거기에는 무한한 가능성으로 향하는 에너지가 있다. 그것은 떼어 버리거나 없애야 할 성질의 것이

아니라 생명의 원천이며 창조적 가능성을 지닌 것이다. 그것은 방
어해야 할 위험한 충동이기보다 체험하여 의식의 것으로 동화해
야 할 것들이다. 내 마음 속에 나도 모르게 존재하는 또 하나의
마음이 어떤 '뜻'을 가지고 있다고 보며 우리는 그 뜻을 찾아나가
게 되는 것이다. 무의식의 또 하나의 특징은 창조적 자율성이다.
우리가 잠잘 때 계속해서 기능을 발휘하는 신경기능(자율신경)처
럼 무의식은 의식작용에 구애받음이 없이 그 스스로의 법칙에 따
라서 움직여 가고 있다는 견해다. 그런 의미에서 무의식은 의식
작용보다도 더 항구적이며 때로는 그를 능가하는 특징을 가진다
고 보는 것이다. 무의식의 의식에 대한 관계는 대상적이다. 대상
작용은 무의식의 중요한 기능이다. 다시 말해서 무의식은 의식에
결여된 것을 보충하는 역할을 하며 그럼으로써 그 개체의 정신적
인 통합을 꾀한다. 즉 무의식이 지닌 지향적 의미를 찾고 그것을
이해하려는 태도를 가져야 하는 목적이 있다고 볼 수 있다.[26]

    일반적으로 뱀은 이 세상의 속박 또는 갇혀 있는 것을 상징한다.
또한 뱀은 주로 먹는 것과 관계되며, 삶의 아주 원초적인 기능을 상
징하기도 한다. 생텍쥐페리는 이 그림에서, 마치 '삼키는 어머니' 신
화처럼, 어머니의 속박으로부터 벗어나는 것이 힘들고 어렵다는 마
음을 표현하고 있다. 다시 말해 부정적인 모성 콤플렉스에 사로잡혔
다고 볼 수 있다. 그림 1-3은 보아 뱀(무의식) 속에 무한한 가능성을
지닌 에너지(코끼리)가 갇혀 있음을 나타낸다.

4) 모자(그림 1-2)와 보아 뱀 배 속의 코끼리(그림 1-3)

그림 1-2   그림 1-3

그림 1-2는 겉으로 보면 모자 모양을 하고 있다. 반면 그림 1-3은 보아 뱀 배 속의 코끼리를 보여 준다.

생텍쥐페리는 그림 1-2를 어른들에게 보여 주면서 무섭냐고 질문했다. 그러자 어른들은 "모자가 왜 무섭냐?"라고 되물었다. 보통 어른들은 그림 1-2를 모자로 본 것이다. 그는 다시 그림 1-3을 보여 주면서 이 그림은 보아 뱀이 코끼리를 삼킨 것을 그린 것이라고 하자 그제야 어른들은 그림을 이해하게 되었다. 이렇듯 보통 어른들은 아이들의 마음을 읽는다거나 이해하려 하지 않는다. 무턱대고 지리나 역사, 산수, 국어를 공부하라고 한다. 이런 반응을 들은 생텍쥐페리는 실망하여 자신이 꿈꾸던 화가의 꿈을 어린 나이에 포기하였다. 화가의 꿈은 포기했지만, 그는 자유를 꿈꾸며 비행기 조종법을 배워 온 세계를 다니게 되었다. 생텍쥐페리는 사람들과 일부러 카드놀이나 골프, 정치, 넥타이 등의 이야기를 많이 했다. 그렇게 해야만 그들과의 관계를 유지할 수 있었기 때문이었다. 어른들은 이렇게 겉으로 보이는 모습(외적 인격)에 관심이 많은데, 이를 소위 '페르소나'(Persona)[27]라 표현한다. 그림 1-2, 1-3은 어른들이 생각하고 원하는 생텍쥐페리의 모습과 그 속에 숨어 있는 어린 왕자의 내면세계 모습을 상징적으로 보여 준다. 다른 한편으로 생텍쥐페리가 자신의 그림을 이해하지 못하는 현실에 절망하면서 화가의 꿈을 버리게 된 회한의 그림으로도 볼 수 있다.

제2장

어린 왕자의 출현과 양 그리기

사내아이(어린 왕자)가 조용한 사막에서 생텍쥐페리에게 나타난다. 어린 왕자는 생텍쥐페리 안에 있는 또 다른 인격이다. 어린 왕자는 그에게 불현 듯 나타나 말을 건다. 지금까지 그는 마음을 털어놓고 이야기할 사람이 없었다. 사막이 어린 왕자의 출현 장소가 된 이유는 그것을 황무지로서 시련, 고요, 또는 새로운 내적 전망을 의미하는 상징으로 사용하기 때문이다. 사막은 예수에게 공생애28)에 앞서 시험을 이겨내야 하는 두려움의 장소이기도 했다. 또한 이스라엘 민족은 약속된 땅에 들어가기 위해 사막에서 40년간 체류하면서 정화의 시간을 가져야만 했다.

생텍쥐페리는 비행하는 중 사람의 발길이 닿지 않은 삭막한 사막에서 고장 난 비행기를 혼자 고쳐야 하는 상황을 경험했다. 그래서 사막이 주는 느낌도 남달랐을 것이다. 그는 그곳에서 삶과 죽음의 기로를 경험했을 텐데, 너무 높이 떠 있어서 문제가 생기게 된 것 같다. 사막에서 어린 왕자를 만나는 것은 생텍쥐페리가 오랜 기간 잊고 있었던 그의 내면세계(영원한 아이)를 만나는 것이다.

1) 어린 왕자의 출현

그림 2-1

그림 2-1은 『어린 왕자』에서 등장하는 그림들 가운데 가장 유명한 어린 왕자 그림이다. 생텍쥐페리가 그린 어린이는 아직 발달되지 않은 무의식의 직관, 미래의 가능성, 단순함, 순진무구를 나타낸다. 나아가 변화와 재생을 거쳐 완성에 도달하는 것을 상징한다. 어린이란 큰 성장 가능성이 있는 잠재적 가치로 볼 수 있다.

2) 양 그리기

(양 1)　　　　　(양 2)　　　　　(양 3)

생텍쥐페리는 사막에서 한 사내아이의 음성을 듣게 되는데, 그는 양 한 마리를 그려 달라고 한다. 그 소리에 놀란 생텍쥐페리는 바로 양 1을 그려 준다. 그러자 그 사내아이는 다시 양 한 마리를 그려 달라고 부탁한다. 결국 생텍쥐페리는 세 마리의 양들을 차례로 그리게 된다(양 1, 2, 3). 사내아이는 그가 그린 양들이 병들고(양 1), 뿔나고(양 2), 늙었다며(양 3) 싫다고 한다. 그래서 그는 작은 세 개의 구멍이 난 직사각형 상자(그림 2-2)를 그려 준다. 그 사내아이는 "어! 양이 잠들었네...."라면서 만족하였다. 그 사내아이가 바로 어린 왕자였다.

양은 그리스도교에서 희생제의에 사용하는 것이자 은둔 생활의 상징이기도 하다. 어린 왕자는 수난과 부활을 필요로 하는 존재로서 양이 필요한 것 같다. 그래서 양을 그려주는데, 이때 양이 담긴 상자는 정사각형이 아닌 직사각형이다. 사각형은 원과 마찬가지로 만다라(Mandala) 형태로서 인간의 정신(Psyche)을 보호하는 하나의 그릇(Vase)이다. 인간의 정신이 너무 흩날려 버리지 않도록 가두는 장소이거나 변환과 숙성이 일어나는 장소로 볼 수 있다.

그림 2-2

양을 상자 속에 넣는 것은 어떤 신경증적인 나약함, 건강과 체력의 약함이라고 볼 수 있다. 사하라 사막에서 고장 난 비행기를 수리해야 하는 상황에서 생텍쥐페리가 만난 어린 왕자는 양을 빨리 그려 달라고 한다. 그는 양 1, 2, 3을 그려준다. 그러나 어린 왕자는 양들이 마음에 들지 않는다며 새 그림을 다시 요구한다. 이처럼 생텍쥐페리는 사막에서 만난 어린 사내와 엔진을 수리해야 하는 비행기 사이에서 우유부단하게 갈팡질팡한다. 이런 상황은 엄청난 긴장을 일으키는 외적인 삶(사내아이의 요구)과 내적인 삶(비행기 엔진 수리) 사이의 갈등을 의미한다. 이 상황에서 생텍쥐페리는 양 1, 2, 3을 그렸지만, 이 그림은 사내아이의 마음에 들지 않는다고 한다. 그는 다시 구멍 난 상자를 그린 후 양이 그 상자 속에 있다고 말한다. 이는 생텍쥐페리의 나약한 모습을 보여 준다.

그림 2-1은 생텍쥐페리가 사막에서 만난 사내아이, 어린 왕자이다. 그는 망토를 펴고 왼손에 칼을 들고 있다. 그런데 어린 왕자가 땅에 서 있는지 공중에 떠 있는지 분명하지 않다. 그가 지구 표면에 서 있는 것으로 보면 그를 지구와 같이 큰 존재로 나타내는 것일 수 있다. 만일 공중에 떠 있다면 그는 지구를 바라보는 위치에 있는 것으로 볼 수 있다. 또 어린 왕자는 특이한 머리 모양을 하고 있다. 편안하거나 틀에 박힌 머리가 아니다. 마치 냉철한 사고로 새로운 변화를 생각하고 있는 것처럼, 그의 머리카락은 날카롭게 사방으로 퍼져 있다. 그는 왼손에 칼(Sword)을 쥐고 있다. 칼이란 지혜, 힘, 권력 등을 나타내기도 한다. 솔로몬의 재판(왕상 3: 16-28)에서 나타나는 솔로몬 왕의 칼은 정확한 분별력, 분석하고 구분하는 지성, 지혜로운 판결을 상징한다. 영웅은 칼을 들고 전쟁을 치르고, 세상에 나아가 상황을 통제하고 힘 있는 위치를 점하며, 어려움을 극복한다. 이렇듯 칼은 문제나 논리적이고 비판적인 요소를 식별하고 결단하는 것이다.

폰 프란츠(von Franz)는 "그(생텍쥐페리)는 어린 왕자를 마치 어린 나폴레옹처럼 그렸다. 어린 왕자 그림은 아주 비상한 생각에서 나온 것이고, 전형적인 프랑스의 정복자(영웅)를 가리킨다."라고 하였다.[29]

프랑스 파리에 있는 루브르 미술관을 방문한 관객들이 즐겨 찾는 그림 가운데 다비드(David)가 그린 <나폴레옹의 대관식>이 있다. 이 그림은 교황이 죠제핀(나폴레옹의 부인)에게 왕관을 씌우려 하자 나폴레옹이 그 왕관을 교황으로부터 빼앗아 직접 조제핀의 머리 위에 씌워주는 스토리를 전하고 있다. 이는 교황을 완전히 허수아비로 만들려고 한 의도를 보여 준다. 서른다섯 살 나이에 황제가 된 나폴레옹을 교황의 권한을 가진 사람으로 그림으로써, 프랑스의 정복자 또는 영웅으로 만들려는 듯하다. 어린 왕자를 나폴레옹처럼 그리려 한 것도 이러한 의도로 볼 수 있다.

이렇게 어린 왕자를 정복자처럼 그리고 있으나, 그 얼굴을 보면 눈썹과 눈동자와 귀가 없고 손가락은 아예 감추어져 있다. 초상화에서 얼굴은 곧 그 사람 정신을 묘사하는 것이라 할 수 있는데, 이것을 전신사조(傳神寫照)라고 부른다. 눈(eye)은 전지, 일체를 꿰뚫어 보는 신성, 직감적으로 사물을 보는 능력을 말한다. 눈은 모든 태양신의 상징으로 만물에 생명을 부여하는 태양신의 풍양의 힘을 상징한다. 눈은 또 신비의 눈, 빛, 각성, 지식, 정신, 경계, 보호, 안정, 목적을 나타냄과 동시에 가시적인 것의 한계를 상징하기도 한다. '마음의 눈', 즉 심안은 영적 지각, 광명, 지적 직관을 말한다. 그리스도교에서의 눈은 모든 것을 꿰뚫는 신, 전지, 힘, 빛을 나타내는 마음의 등불(마태복음 6: 22)이다.[30] 또한 몸의 일부분으로서 눈은 볼 수 있는 능력, 이해함과 연관시킬 수 있다. 눈동자는 원의 형태로 중심과 사물을 똑바로 보는 기능을 가지고 있다. 어린 왕자는 눈동자가 없다. 이는 그가 외부의 사물을 보고 있기보다는 자신의 내면을 향하고 있다는 것으로 볼 수 있다.

그림에서 어린 왕자에겐 눈썹이 없다. 이것은 자기표현이 잘 드러나 있지 않은 것으로 볼 수 있다. 왜냐하면 눈썹은 즐거움이나 슬픔 등의 표정을 나타내기 때문이다. 이것은 신체 기능을 잃은 무의식의

상태를 나타내기도 한다. 눈썹이 없으면 비가 내릴 때 눈을 보호할
수 없다. 또한 어린 왕자는 귀가 없다. 이것은 들을 수 없거나 듣기
를 거부하고 싶을 때 나타나는 현상이다.

  손가락은 손으로 물건을 잡으며 새로운 것을 창출하고 남들과 접
촉을 하는 것으로서 지적인 부분과 연결된다. 손은 정신적인 에너지
를 위한 피뢰침이다. 축복을 주거나 어린아이를 어루만진다. 한편
상처를 돌보던 손가락으로 두개골을 세게 내려쳐 다치게 할 수도 있
다. 컴퓨터 시스템에 바이러스를 작동시키거나, 숲에 불이 나도록
성냥을 그을 수 있다.31) 그러나 어린 왕자의 손가락은 감추어져 있
다. 이는 어린 왕자가 손가락이 가진 기능을 제대로 발휘할 수 없는
상태임을 보여 준다. 칼을 쥐고 있지만, 그는 다른 생각에 빠져 손가
락이 지닌 기능을 아직 발현하지 못한 상태이다.

  어린 왕자는 나폴레옹처럼 영웅 혹은 정복자의 모습을 지니고 있
다. 그러나 감각적으로 듣거나 표현하고 이해하는 기능은 제대로 수
행할 수 없는 상태이다.

제3장

절벽 끝에 서 있는 어린 왕자

1) 절벽 끝에 서 있는 어린 왕자

그림 3-1에서 어린 왕자는 절벽 끝에 서 있다. 그의 시선은 좌측 아래쪽을 보고 있는 무채색 그림이다. 그가 서 있는 곳은 절벽 끝으로 아래는 물 혹은 사막처럼 보인다. 절벽(Cliff)은 길(Path/Road)이 끝나는 막다른 지점이다. 길은 보통 우리의 안내자로서 모험이나 새로운 영역으로 이끄는 역할을 한다. 길과 달리 절벽에서는 더 앞으로 나아갈 수 없다. 절벽은 삶의 결정적인 순간, 더는 지속할 수 없는 상황에서 새로운 돌파구를 요구하는 순간으로도 볼 수 있다. 몇몇 사람은 죽음을 선택하거나 삶을 포기하려 할 때 절벽으로 향한다. 그림 3-1이 보여 주는 절벽은 아랫부분으로 이어져 있다. 그 밑에 그물망처럼 보이는 여러 선(線)은 물이나 사막을 연상시킨다. 어린 왕자가 두르고 있는 긴 머플러의 방향을 보면 바람이 우측(의식, 현실) 위를 향하여 불고 있다. 이것은 그가 좌측 아래(무의식)에서 우측(의식)의 방향으로 가고 있음을 말해 준다. 머플러의 방향을 볼 때 이것은 어떤 탐구, 접촉의 시도를 보여 주는 것이라고 할 수 있다.

이 그림에서 절벽을 보고 있는 어린 왕자 손과 두 다리는 자신 있어 보인다. 그의 양손이 몸 밖으로 나와 있는데 이것은 뭔가를 시도하려는 자신감을 보여 준다고 할 수 있다. 왜냐하면 손은 인간의 신체 중에서 가장 상징적인 표정을 많이 가지고 있기 때문이다. 아리스토텔레스는 손을 "도구 중의 도구"라고 부른다. 또한 고대 로마 수사학자 퀸틸이아누스는 "손은 입으로 할 수 있는 모든 말을 할 수 있다."라고 하였다.[32] 이 그림에서 생텍쥐페리는 자아와 의식의 기능인 손을 좀 더 정교하게 그리고 있다. 그의 마음속에 변화가 서서히 일어나고 있는 것으로 볼 수 있다. 더는 나아갈 수 없는 절벽 끝에 서 있는 생텍쥐페리는 어린 왕자가 어디에 사는지, 또한 그의 별이 어떤 특성이 있는지 알아듣고 있는 듯하다. 내면의 세계를 보거나 침묵하면서 내향화를 지향하는 목적이 있는 그림으로 볼 수 있다.

이 그림에선 무채색인 회색이 사용되었다. 색상이 감정과 연관되어 있다는 관점에서 볼 때, 무채색은 느낌의 부재를 나타낸다고 할 수 있다. 즉 심리학적으로 볼 때 감정의 부재를 나타낸다. 회색을 인간의 연륜과 관련해서 더는 감정에 의하여 좌우되지 않음을 뜻하기도 한다. 회색의 심리적 작용은 흰색과 검은색의 혼합으로서 튀지 않는, 즉 변화보

그림 3-1

다는 안정의 색이다. 자극을 거부하는 수도사 성향을 보이는 색이며 지나치게 침잠될 때 나타나는 색이기도 하다. 다른 면에서 회색은 생동감보다는 침착하고 흥분하지 않는 색으로, 조심성과 극단에서의 균형과 타협을 나타낸다.

2) 주황색 나비넥타이를 매고 서 있는 어린 왕자

그림 3-2에서 어린 왕자는 둥글게 생긴 표면 위에서 주머니에 손을 넣고 머플러 대신 주황색 나비넥타이를 매고 서 있다. 그는 달과 별 그리고 터져 나오는 폭발물을 보고 있다. 그가 서 있는 장소는 자주색이 감도는 회색의 둥근 표면이다. 그곳에는 꽃이 피고, 나무가 자라고, 한 구멍은 무엇인가를 뿜어내고 있다. 꽃이 피고 나무가 자라고 무언가가 나오는 둥그런 것은 어머니의 가슴을 연상하게 한다. 어린 왕자는 그런 모성 영역에 무기력하게 서 있다. 그 모성의 영역에서 한 줄기의 폭발물이 좌측 위로 뿜어 나가고 있다. 이 분출은 무의식으로부터 올라오는 화산 같은 에너지를 표현하고 있다.

그가 입은 옷의 녹색, 벨트와 넥타이의 오렌지색은 아이들이 좋아하는 색이다. 서양인에게 녹색은 '어린이 같은 생각'을 의미하기도 하고, 창조주의 정신의 색, 자연에서 발아하는 색이기도 하다. 어른이 되고 싶지 않은 피터 팬(Peter Pan)은 녹색 옷을 입고 있다. 그것은 순수한 동심을 상징하는 동시에 정신적 미숙을 뜻한다. 또한 녹색은 경험 없음을 상징하며, 어리석음을 나타낸다. 벨트와 넥타이는 주황색으로, 젊음과 풍요에 뭔가를 덧붙여 주는 특성이 있다. 주황색은 비교적 안정적이며 세상에 적응하는 외향적인 색이기도 하다.

그림 3-2

이렇듯 성장을 필요로 하는 녹색 옷을 입고 주황색 벨트와 넥타이를 맨 어린 왕자는 손을 바지 속에 감추고 있다. 좌측 아래(무의식)를 바라보고 있는 자세에 얼굴의 형체는 뚜렷하지 않고 힘이 없다. 그의 표정은 다소 무거워 보인다. 어린 왕자의 손가락이 드러나지 않는데, 이는 무의식적인 상태로 뭔가 기능하지 못하고 있음을 나타낸다.

이 그림 3-2에는 두 개의 달(Moon)이 떠 있다. 이것은 하나의 달만 있는 그림과 확실하게 대조된다. 달은 어머니(무의식)를 상징한다고 볼 수 있다. 달이 두 개나 나타났다는 것은 어머니에 대한 혼란, 분열로 이해할 수 있다. 이 시기 생텍쥐페리는 미국에서 생활하고 있었고, 2차 세계대전으로 인해 고국인 프랑스에 갈 수 없었다. 두 개의 달은 한꺼번에 뜰 수 없다. 그가 이렇게 두 개의 달을 그린 것은 모성과 모국(프랑스)에 대한 그리움으로 볼 수 있다. 또한 한 개의 달(여성)만으로는 만족할 수 없는 그의 심리적인 불안정을 표현하는 것이기도 하다.

또한 그림의 배경에는 8개의 별이 있다. 이 8개의 별 가운데 맨 아래의 별은 반쪽만 그려져 있다. 숫자 8은 안정감과 조화, 재탄생을 의미한다. 그런데 맨 아래 별을 반쪽만 그린 것은 8의 안정과 조화를 지향하는 상태로 이해할 수 있다.

맨 좌측에 있는 나뭇가지는 왼쪽을 향하고 있다. 이 영역은 부성을 나타내는 곳으로 여겨진다. 그는 나무에 잎사귀와 꽃을 그리지

않았다. 나무는 현현 세계의 전체, 하늘과 땅과 물의 총체, 돌의 정
적인 생명에 반대되는 동적인 생명을 상징한다.[33] 아이들에게 부성
은 세상으로 나아가는 데 디딤돌 역할을 한다. 좌측 아래에 그린 나
무는 생명력이 없는 메마른 나무로 보인다. 이 나무에는 생명이 요
구된다(생텍쥐페리의 아버지는 1904년 괴한의 습격으로 다섯 아이
를 남겨둔 채 사망했다). 부성적 내용이 건강하다면, 아이들은 보통
든든하고 튼실한 나무를 그리는 것이 일반적이다. 부성은 세상 밖으
로 나아가는 징검다리와 같은 역할을 한다.

　그런데 이 그림의 구에는 4개의 꽃이 있다. 이 꽃에는 모두 잎사
귀가 없다. 또 맨 위에 2개의 꽃은 잎사귀 없이 활짝 피고 있으나,
아래에 있는 2개의 꽃은 가지도 없거나 구부러져 있다. 꽃은 일반적
으로 여성을 상징한다. 즉 이것은 그의 삶에 어머니를 비롯하여 다
양한 여성들이 주변에 있었다는 것과 함께 그의 불안정한 여성성을
말해 준다.

제4장

소혹성 612와 천문학자

1) 천문학자

그림 4-1은 별들을 연구하는 한 천문학자가 망원경으로 하늘의 별들을 찾아내고 있는 그림이다. 그는 그 별의 이름을 짓는 대신 번호를 붙였다. 예를 들어 그는 자신이 발견한 별을 "소혹성 325"라고 불렀고, 어린 왕자가 살던 별은 "소혹성 B-612"라고 불렀다. 이 장에서 숫자가 나오는데, 생텍쥐페리가 그의 천문학과 수학적 지식을 표현했다고 볼 수 있다. 창의적이고 호기심 많았던 생텍쥐페리는 수학 문제 같은 것으로 친구들을 귀찮게 했다. 그는 1934년부터 항해술과 관련된 발명과 돛단 자전거 등 특허원을 14종이나 제출했고, 프랑스와 미국에서 여러 차례 저명한 연구원들을 만나기도 했다.

그림 4-1

생텍쥐페리가 공업소유권 국립협회에 제출한 특허원 중 어느 것도
산업체에서 응용하지 않았지만, 그 모든 구상이 미국 장비에서 재
발견된다고 한다.[34]

2) 천문학자

그림 4-2

그림 4-2은 터키에 살고 있던 한 천문학자가 1909년 세계적인 천
문학 회의에서 자신이 발견한 별에 대해 자신 있게 증명하는 그림이
다. 그러나 그는 터키의 남루한 옷을 입고 있었으므로 아무도 그의
말을 들으려 하지 않았다.

3) 천문학자

그림 4-3

그림 4-3의 이야기는 이렇다. 시간이 흘러 1920년이 되었을 때, 터키는 독재자가 통치하게 되었다. 그는 모든 사람에게 서양식 옷을 입도록 강요하고 자신의 말을 듣지 않으면 사형에 처하도록 했다. 터키의 천문학자도 훌륭한 양복으로 바꿔 입고 아무런 관심도 끌지 못했던 그 별에 대해 똑같이 다시 증명하였다. 그러자 이번에는 모두가 그 천문학자의 말을 믿었다.

천문학자가 발견한 별의 이름 대신 번호를 붙여 주고, 서양식 옷을 정중하게 입었을 때 사람들은 그를 믿었고 주목했다. 이처럼 사람들은 "그 사람은 몇 살인가?", "형제는 몇 명인가?", "몸무게는 얼마인가?", "그의 아버지는 돈을 얼마나 가지고 있는가" 하는 등의 질문을 한다. 그리고 이런 질문에 대한 정보를 얻게 되면 그 사람에 대하서 알게 되었다고 생각한다.

 이는 '페르소나'(Persona)에 대한 것이다. 페르소나란 내가 나로서 있는 것이 아니라 남과 다른 사람에게 보이는 "나"를 더 중요하게 생각하는 특징을 가지고 있는 외적 인격이다. 이것은 진정한 자기(Self)와는 다른 것이다. '페르소나'에 입각한 태도는 주위 기대에 맞추어 주는 태도이며, 타인과의 적응에서 편의상 생긴 '기능 콤플렉스'(function complex)이다.[35) 어른의 체면, 남편의 체면, 교육자의 체면, 선생의 체면, 숙녀의 체면 등은 모두 한 사회 집단이 다른 사람들에게 요구하는 일정한 행동 규범이며 제복과 같은 것이다.

 사람들은 별에 "소혹성 B-612" 또는 "소혹성 325"와 같은 방식으로 이름을 붙인다. 천문학자가 발견한 별에 대하여 궁금해 하지 않는다. 그 별에 숫자로 된 이름이 붙었을 때, 그 별의 본질과는 관계없이 그것을 알고 있다고 생각한다. 이 그림은 만물의 기원이자 본질인 숫자에 대한 창의적인 생각과 호기심이 많았지만, 한 사회 집단이 다른 사람들에게 요구하는 일정한 행동상의 규범, 즉 보여지는 것에 대한 실망감을 생텍쥐페리가 표현한 것으로 볼 수 있다.

제5장

바오밥나무

어린 왕자와 그가 살던 별, 그 별을 떠날 때의 일, 여행한 일 등을 말하던 어느 날, 생텍쥐페리는 바오밥나무에 대해서 알게 된다. 커다란 바오밥나무는 처음에는 작은 나무지만, 나중에는 교회당처럼 큰 나무가 되어 코끼리 부대를 이끌고 간다 해도 단 한 그루의 바오밥나무도 다 먹게 할 수 없다고 한다. 이런 바오밥나무를 처리하려면 코끼리가 아주 많이 필요하다. 이 그림에서 코끼리는 두 마리 또는 세 마리가 포개져 있다. 우측 아래의 두 마리는 애매모호하게 그려져 있고, 다른 방향으로 가고 있다. 즉 우측 아래 방향(깊은 무의식)으로의 이동을 죽음의 방향으로 이해할 수 있다.

그림 5-1

1) 9마리의 코끼리

그림 5-1은 9마리의 코끼리가 큰 원(그의 소혹성)을 중심으로 시계 반대 방향으로 돌고 있다. 시계의 방향으로 돈다는 것은 미래와 전진을 의미하는 지속과 순환, 문제의 해결을 상징한다. 그러나 그 반대 방향은 후퇴, 즉 죽음의 길, 무의식으로 돌아간다는 의미가 될 수 있다. 9는 숫자에서 가장 길며, 완전수에 도달하려는 노력의 숫자라고 볼 수 있다. 또 코끼리가 둥근 원을 중심으로 어린 왕자의 별(소혹성)을 도는 모습은 '만자'처럼 보이기도 한다. 우주의 축을 시계의 반대 방향으로 돌리고 있다. 만약 그 나무가 수천 년을 자랄 수 있는 나무라면, 나무를 그렇게 돌아도 9마리의 코끼리로도 안 된다는 것이다. 의식의 방향으로 도는 것은 의식화의 진행으로 볼 수 있다. 그러나 이 그림은 무의식의 방향으로 가고 있으므로 의식화와는 거리가 멀다.

그림의 배경에는 3개의 별이 떠 있다. 별은 역동적이고 독립적인 생각이나 행동을 나타내는 것으로 볼 수 있다. 역으로 3은 동적이고 결코 쉼이 없는 불완전의 상징이다. 잃어버린 요소, 완전한 4의 일체에서 알려지지 않은 네 번째 요소를 항상 찾게 되는 불완전한 존재를 깨닫는 의식의 단계이다. 보이지 않는 길과 삶의 궁극적인 의미를 찾으려고 애쓰는 단계의 숫자로도 볼 수 있다.[36)]

『어린 왕자』 책 전체에는 두 개의 코끼리 그림이 있다. 첫 번째 코끼리는 뱀에게 압도당하고(그림 1-1), 두 번째 코끼리(그림 5-1)는 9마리나 되기 때문에 코끼리 한 마리가 차지할 수 있는 땅이 충분하지 않다. 이것은 두 측면에서 생각해 볼 수 있다. 하나는 생텍쥐페리

안에 있는 보다 큰 인격, 다시 말하면 영웅이 무의식(모성 콤플렉스)에 삼켜진 것이고, 다른 하나는 그의 영웅 인격을 현실화하기 위한 기반이 충분치 않다는 것이다.[37]

　그는 코끼리처럼 크고 고귀한 지혜를 가질 수 있다는 야심적인 생각을 하고 있지만, 아직 그것을 실현하진 못하고 있음을 이 그림은 보여 준다.

2) 나무를 뽑는 어린 왕자

그림 5-2

그림 5-2에서 어린 왕자는 진한 녹색 옷을 입은 채 꽃이 피어 있는 반구(소혹성)에서 머플러를 휘날리며 큰 삽으로 나무를 뽑고 있다. 진한 녹색은 연금술에서 금색으로 가는 과정의 색으로, 아직 성장이 덜된 색으로 볼 수 있다. 칙칙한 색상은 변환을 지향하고 있다. 그러나 긍정적 녹색은 아닌 상태로 볼 수 있다. 지구의 표면은 파란색과 자주색으로 표현하고 있다. 파란색은 영적이고 의식적이다. 자주색은 빨강과 파랑을 혼합한 색으로 신비스럽기도 하지만 억제와 자극, 고통과 슬픔 등의 변화를 상징하기도 한다. 또한 창의적이거나 불안한 색으로도 볼 수 있다. 생텍쥐페리에겐 이 별의 땅속에 있는 바오밥나무를 파내는 것이 중요하다. 그가 나무를 뽑고 있는 것은 그곳에 많은 바오밥나무의 씨들이 있기 때문이다. 씨가 위험한 것은 그것이 거대한 나무로 성장하면 나중에 아무리 애를 써도 그 별이 온통 바오밥나무로 뒤덮이고, 마침내 그 뿌리가 별에 구멍을 뚫게 되기 때문이다. 이 별이 너무 작기 때문에, 바오밥나무가 무성해지면 별(소혹성)은 산산조각 부서지게 된다. 이것은 자아의 팽창으로 볼 수 있다. 생텍쥐페리가 내면의 무의식이 지닌 힘을 없애려고 서로 격돌하는 상황으로 볼 수 있다. 어린 왕자는 그것이 너무 크게 자라기 전에 뽑아내느라 바빴다.

배경의 우측에는 달이 떠 있고, 5개의 별과 6개의 꽃이 피어 있으며, 꽃마다 꽃잎도 6개씩 붙어 있다. 생텍쥐페리가 그린 별 5개는 소우주로서의 인간을 나타낸다. 별 모양은 오각형으로 되어 있다. 그 별에는 끝나는 점이 없다. 이는 완전성과 힘을 상징한다. 5는 자연적인 전체성을 나타내는 숫자로 자연 속에서 볼 수 있는 꽃잎, 불가사

리 혹은 사과 속의 씨방 등에서 흔히 나타난다. 또 인간의 몸이 가진 신체적 현실과 연관되는 숫자이기도 하다. 우리는 각각 다섯 개의 손가락과 발가락을 가지고 있으며, 땅에 발을 벌리고 서서 양손을 옆으로 펴면 머리와 팔, 다리가 다섯 개의 각으로 나타나는 것을 볼 수 있다. 이는 한 개인이 현실과 관계를 맺기 위하여 바깥을 향한다는 것을 시사한다. 한편 숫자 6은 서로 반대되는 대극(對極)의 통일을 상징한다. 자웅 두 개의 삼각형이 맞물려 이루어진 육각성형과 관련된다. 이때 꼭짓점이 위를 향하고 있는 삼각형은 남자와 불, 하늘을 나타내고, 역삼각형은 여자, 물, 대지를 나타낸다. 이 두 개의 삼각형은 교차하여 6개의 꼭짓점을 가진 별로서 완전한 균형을 상징한다. 중국에서는 숫자 6을 우주로 본다. 4가지 기본 방위와 하늘(위), 땅(아래)이 6가지 방향을 나타내기 때문이다.[38) 흐라비누스 마우루스는(Hrabanus Maurus) "하느님이 6일 만에 세상을 완성하셨기 때문에 6의 수가 완전하다기 보다, 그 수가 완전하기 때문에 하느님이 세상을 6일 만에 완성하였다."라고 한다.[39)

봄에 싱그러운 꽃이 피어나기 때문에 이는 끊임없이 재창조하는 상징을 가지고 있다. 연금술사들은 꽃을 태양의 상징적인 작업으로 보며, 이 작업이 생명을 활성화한다고 보았다. 꽃은 수동적인 여성 원리로 그릇 모양이며, 꽃받침은 컵과 동일한 상징성을 가진다. 켈트족에게 꽃은 영혼, 태양, 영적 개화를 상징하고, 불교에서는 육체의 덧없음을 의미한다. 부처를 경배하기 위해서 꽃을 바치기도 한다.[40)

이 그림에서 어린 왕자의 머리카락, 머플러, 달, 별, 그리고 꽃 중심은 노란색으로 그려져 있다. 노란색은 태양의 색으로 삼라만상에 생명을 가져다주는 힘을 가지고 있다. 빛의 근원인 태양과 연관된다는 점에서 노란색은 "볼 수 있는 것" 혹은 이해할 수 있는 어떤 것을 상징한다. 루처(Lurker)는 노란색이 지닌 "희망적인 몸부림"의 차원을 강조한다. 그는 노란색을 선호하는 것은 "보다 큰 행복에 대한 희망 혹은 기대"의 표현으로 본다. 그러면서도 그는 노란색은 갈등에서 벗어나야 할 필요성을 암시하기도 한다고 하였다. 따라서 노란색을 좋아하는 사람은 새로운 미래, 현대적이면서도 더 발전되고 보이지 않은 무언가를 지향하고 있음을 시사한다.[41]

이 그림에서 어린 왕자는 지구의 땅속에 있는 바오밥나무나 씨앗을 파내는 일이 중요하게 여긴다. 땅을 파서 제거해야 하는 나무 또는 그 씨가 있는 장소는 지하이며, 이곳은 무의식의 영역이다. 좌측(무의식)으로부터 불어오는 바람에 의해 어린 왕자의 머플러가 우측(현실)으로 날리는데, 이는 그가 무의식의 영향을 받고 있는 것으로 볼 수 있다. 그가 별 한가운데에 서서 땅을 파고 있는 것은 나무의 힘을 경배하거나 감사하는 것이 아니다. 무의식에 있는 생명력을 제거하려는 것이다.

3) 바오밥나무 위에 서 있는 어린 왕자

그림 5-3을 보면 붉은 옷을 입은 어린 왕자가 아주 작은 모습으로 오른손에 삽을 들고, 왼손은 귀를 대고 불안전하게 나무 위에 서 있다. 이 그림에서 주목할 것은 그의 머리카락이 검은색이라는 것이다.

이 그림은 무려 17개의 별이 그려져 있다. 이는 생텍쥐페리에게 평생의 심리적 상처로 남은, 남동생이 죽었던 해를 의미하는 것처럼 보인다. 1917년 생텍쥐페리가 17살 때 남동생 프랑수아(Francois)가 관절 류머티즘으로 사망했다. 이 사건으로 그는 고통스러운 침묵의 세월을 보내야 했다.

보통 나무는 가지가 위로 향하고 뿌리가 아래로 내려가는 특징이 있다. 지하는 무의식을, 중간 세상인 대지는 보편적인 의식성을 나타내고, 꼭대기 부분은 천상 혹은 초개인적인 의식성을 나타낸다. 이런 의미를 가진 나무, 여러 차원의 현실을 연결하는 상징을 세계의 축(Axis Mundi)이라고 부른다. 융은 나무를 마음의 중심과 자기(Selbst)의 상징이라고 보았다.42) 나무는 성장을 지향하고 내면의 이미지를 완성하기 위한 인간의 욕구와 바람을 나타내는 것으로 해석된다.

바오밥나무를 그렸을 때, 생텍쥐페리는 세 그루의 나무가 서로 얽혀 있어서 엄청난 위협을 느꼈다고 한다. 어린 왕자는 생텍쥐페리에게, 다른 소혹성에 있던 한 이웃은 바오밥나무의 작은 뿌리를 뽑는데 너무 게을러서 그 뿌리가 그림에서 보여 준 것처럼 너무 크게 자랐고, 이미 때가 늦었었다고 말한다. 그는 삽을 들고 있지만 나무를 쓰러뜨리진 못했고, 결국 그의 소혹성은 멸망한다. 이 그림은 거대한 나무와 이 나무를 어쩌지 못하는 절망적인 소년의 마음을 보여주고 있다. 작은 도끼와 거대한 나무줄기를 볼 때 이 나무를 쓰러뜨릴 기회가 없음을 알게 된 것이다. 이 그림은 "절박한" 상황을 보여 주는 그림으로서, 생텍쥐페리가 심혈을 기울여 그린 것이라고 한다.

그림 5-3

　바오밥나무(Baobabs, 독일어로는 원숭이-빵-나무(Affen-brot-bäume)는 아프리카에서 자라는 거대한 나무이다. 보통 2000~5000년의 수명을 가진 엄청나게 크고 신성한 나무이다. 아프리카에서는 바오밥나무 속에서 사람이 살기도 하고 그곳에 시신을 매장하기도 한다. 어린 왕자는 이 나무가 종교적인 나무인 만큼 너무 커서 자신의 별을 해칠 것처럼 느끼는 것 같다. 그는 별에 바오밥나무가 너무 많이 자라기 전에 뽑아 버려야 한다고 생각했다.

　이 그림에서 어린 왕자는 빨간색 옷을 입고 있다. 색(色)은 인품·성질을 뜻하는 人(사람 인)과 꼬리를 뜻하는 巴(꼬리 파, 천곡 파)가 합쳐진 문자이다. 사람의 성질 또는 용모가 짐승의 꼬리 부분과 어떤 관계가 있다. 어린 왕자가 입은 옷의 빨간색은 그의 감정이나 흥분 상태를 표현하고 있다. 또 다른 측면에서 빨간색은 본능을 나타내는 색이기도 하다. 또한 어린 왕자가 등장하는 그림에서 그의 머리는 거의 노란색인데, 이 그림에서만은 검정빛을 띠고 있다. 검은색은 어둠과 악, 죽음과 신비를 나타내며, 그 외에도 모태 또는 혼돈스러우면서도 생동감 있는 태초를 말한다. 색은 무의식에 의해서 선택된다.

　그는 오른손(의식)에 삽(남성 원리)을 쥐고 있고, 왼손(무의식)은 머리의 귀 부분에 있다. 귀(Ear)는 듣는 기능으로서 나선형의 혹은 소용돌이 모양의 조개(Shells)나 태양과 연관된다. 태아가 출생하기까지 어머니의 자궁 속에서 경험하는 움직임도 나선 운동이다. 또한 자연 현상에서 가장 많이 볼 수 있는 형태로 개방성과 역동성을 지니는 동시에 내적으로 집중하게 만든다. 조개는 여성적인 물의 원리로서 우주의 모태, 탄생, 재생, 생명의 상징이다. 우리가 알고 있는 '비너스'는 가리비 조개에서 탄생했고, 그때 장미꽃이 창조되었다. 생텍쥐페리는 나무뿌리 위에 서서 삽(남성 원리)을 쥐고 있지만, 실제로는 자신의 내면의 소리에 더욱 관심을 가지고 있다.

폰 프란츠는 바오밥나무에 비해 어린 왕자가 아주 작게 그려진 점에 주목한다. 마치 "너무 큰 나무는 괴물 같다. 이것은 어머니 문제가 너무나 광범위하고, 질식할 것 같음을 가리키는 것 같다."라고 하였다.[43] 그림에 있는 바오밥나무는 거대하고, 무성한 성장으로 인해 별 전체에 퍼질 것 같은 인상을 준다. 즉 자연 모성(Mother Nature)이 인류 문화와 의식의 영역을 압도하고 있다고 볼 수 있다. 나무의 뿌리를 보면 뱀 형상과 똑같이 그려져 있음을 알 수 있다. 그가 첫 번째 그림(그림 1-1)에서 보아 뱀(Boa)을 선택하고 이 나무를 바오밥(Baobab)나무라고 부른 것이 우연은 아니라고 생각한다. 말장난처럼 보이지만 두 요소를 연결하고 있는 듯하다. 부정적인 의미에서 보면 그는 어머니 문제에서 벗어나 성장하기를 원하지 않는 상태에 있다고도 볼 수 있다.[44]

이 그림에서 나무는 너무 크게 자라 버렸고, 어린 왕자는 너무 작다. 이는 그가 모성 콤플렉스를 벗어나거나 극복하기 어렵다는 것을 의미한다.

제6장

석양을 바라보는 어린 왕자

그림 6에서 어린 왕자는 큰 구(球)위에 놓인 의자에 앉아서 우측 아래로 태양이 저무는 것을 바라보고 있다. 그의 시선은 꽃 사이에서 지고 있는 태양에 멈춰 있다. 이 그림에서도 어린 왕자는 긴 머플러를 하고 있는데 방향은 좌측 아래를 향하고 있다. 그림 전체는 검은색과 회색, 흰색과 같은 무채색으로 되어 있다. 그리고 그의 오른팔은 무릎 위에 놓여 있으나, 그의 손은 펴지 않은 채로 주먹을 쥐고 있다. 다른 그림에서도 자주 보이는 여러 송이 핀 꽃과 3개의 가느다란 봉우리로 된 잡초 같은 것들이 있다.

그림 6

의자는 보통 의자를 사용하는 사람의 신분이나 심리 상태를 나타낸다. 이 그림에 나타난 어린 왕자가 앉아 있는 의자는 다소 작고 간소하며 빈약하다. 어린 왕자가 앉아 있는 의자는 구(球) 위에 놓여 있는데, 그 구는 텅 비어 있다. 그는 우리에게 얼굴을 보여주지 않은 채 자신의 뒷모습만을 보여주고 있다. 이는 자신을 드러내지 않는 내향화의 태도일 수 있다. 그가 무릎 위에 얹은 오른팔은 무언가 시도하려는 듯하나, 아직은 그것이 무엇인지 알기 어렵다. 의식의 영역에서 불어오는 바람은 그의 머플러로 표현된다. 『어린 왕자』 본문에 의하면 생텍쥐페리는 어린 왕자를 만난 지 4일째 되는 날 아침, 어린 왕자가 즐길 수 있던 유일한 놀이는 태양이 지는 것을 오랫동안 바라보는 일밖에 없었다는 것을 알게 되었다.

흔히 태양을 원으로 표현하며, 보름달 역시 둥근 형태로 그린다. 신지학에서는 자신의 꼬리를 물고 도는 뱀 우로보로스(Ouroboros)처럼 움직임을 동반한 시간도 원으로 나타난다. 중국인은 가운데가 비어 있는 원을 하늘의 상징으로 보고 있다. 태양은 신들의 역동성이 작용하는 에너지를 상징한다.

텅 빈 구위에 앉아 있는 생텍쥐페리는 사색에 잠겨 있는 것일까? 어린 왕자 이야기에 따르면 그가 사는 곳에선 44번의 석양을 볼 수 있다고 하는데, 그만큼 지는 해를 관심 있게 지켜보았다. 이것은 태양의 따뜻한 빛이나 힘, 즉 에너지가 필요한 것을 나타낸다. 그는 무언가를 할 수 없는 텅 빈 상태에서 자아를 찾으려고 노력하고 있다. 그는 의자에 앉아서 우측 위 구 표면에 있는 잎이 없는 꽃과 풀들을 바라보고 있다. 이 그림은 모두 검정과 흰색이 혼합된 무채색으로 미분화, 안개, 스모그, 소나기구름의 상태를 보여 준다. 회색은 반대와 대립을 피하는 색이며, 수동적이며 주저하고 삼가는 특징을 가진 색이다. 특히 회색의 날과 회색의 도시는 불분명함과 침잠된 것을 나타내기도 한다. 아직 자신의 현재 상태에 대한 의식화가 덜 된 것이다. 어린 왕자는 마음이 슬플 때 해지는 것을 44번을 보았고 프랑스에 날아갈 수 있다면 일 분 이내에 석양을 볼 수 있다고 했다. 그런데 이 작은 별에서 필요한 것은 의자를 조금 옮기는 일이고, 언제든 원할 때는 그것을 볼 수 있다고 말하고 있다. 그러니까 프랑스에서는 지금 당장 해가 지는 것을 볼 수 있지만, 여기서는 의자를 조금 당겨야 볼 수 있는 상황이다. 이것은 현재의 태도(포지션)를 바꾸어야 태양을 볼 수 있다는 것이다. 태양이 진다는 것은 곧 어두워지는 상태로서 슬픈 일이고, 의식에서 무의식으로 바뀌는 것을 말한다. 그래서 생텍쥐페리가 어린 왕자에게 44번 석양을 본 날 "너는 슬펐니?"라고 물어봤을 때, 그는 대답하지 않았다. 즉 의식에서 사라지는 것, 무의식으로 들어가는 상황을 생텍쥐페리가 확인하려 하니 그는 아직 대답할 수 없었던 것이다. 실제로 생텍쥐페리는 1940년 미국으로 망명을 했고 1943년 4월에 『어린 왕자』를 출간하였다.

생텍쥐페리는 42살 때 『어린 왕자』를 썼다. 상징적인 44번의 일몰은 그 자신의 죽음의 예감일 수도 있다고 폰 프란츠는 말하였다.[45] 이는 어린 청년기에 발견되는 낭만적인 방식으로서 늘 죽음을 생각하는 것, 일종의 자기중심적인 자아도취이다. 또한 사람들의 삶이 순조롭지 못하고 시간을 잘 활용하지 못했을 때 빠지기 쉬운 기분이다. 하루를 충실하게 보낸 후 보는 일몰은 휴식의 아름다운 경험이자 저녁의 평화가 찾아오는 순간으로 이해할 수 있다. 이는 일반적으로 슬프지 않으며, 아름답고 평화로운 것이다.

생텍쥐페리는 1900년 6월 29일, 프랑스 리옹의 옛 귀족 집안에서 2남 3녀 중 장남으로 태어났다. 그리고 1944년 7월 30일 마지막 비행을 하던 중 마치 자신의 그림처럼 사막으로 사라져 영원히 돌아오지 않았다. 44번의 일몰은 1944년 그가 44살로 생을 마감하는 나이의 숫자와도 일치한다. 이 그림에선 텅 빈 원이 강조되었다. 시작과 끝이 없는 선으로 이루어져 있는 원은 영원을 상징한다. 폰 프란츠가 말한 것처럼, 죽음을 예견한 자살이었거나 행방불명이거나, 영원한 곳으로 회귀가 그의 심리적 주제였던 것은 분명하다.

제7장

달과 꽃

이 그림 7은 둥근 구(달, 소혹성)에 장미가 심어져 있고, 그 꽃과 중복되게 달이 그려져 있다. 그런데 앞의 그림에서 발견되는 꽃에는 잎은 전혀 나타나지 않았지만, 그림 7에서 처음으로 구 표면에 2개의 잎이, 줄기에는 4개의 가시가 나타난다. 꽃의 방향은 오른쪽(현실)으로 기울어져 있고, 배경에는 위아래로 2개의 별이 그려져 있다. 이 그림을 놓고 어린 왕자와 생텍쥐페리가 대화한다.

그림 7

어린 왕자는 장미꽃과 가시에 관하여 묻는다. 생텍쥐페리가 비행기를 수리하는 데 열중해서 건성으로 대답하자 어린 왕자가 화를 낸다.

이 그림에서 나타난 꽃은 생텍쥐페리의 여성성을 깨우치게 되는 소중한 시점으로 볼 수 있다. 꽃과 달이 중첩된 것은 달을 지향하는 것이거나, 달과 꽃이 분리되지 않은 한 덩어리이기 때문이다. 이 그림의 원을 달로 볼 수 있는 것은 배경에 2개의 별이 떠 있기 때문이다.

달은 밤을 밝히는 빛, 저승의 나라, 생성, 소멸, 재생의 신비를 간직한 운명의 여신을 의미한다. 동시에 무의식의 세계와 여성성, 치유의 기능과 관련되는데,[46] 그에게 달과 꽃의 내용, 즉 여성성이 주제가 된 시점이라고 볼 수 있다.

이 그림에는 별이 2개 떠 있다. 별은 신의 존재, 지고한 존재, 죽지 않는 것, 최고의 위엄, 어둠 속에서 빛나는 희망과 같은 의식화의 주제로 볼 수 있다. 어린 왕자가 꽃을 걱정하면서 울고 있다. 이는 생텍쥐페리 내면의 여성성(아니마, Anima)에 대한 문제를 그리고 있다. 아니마는 남성의 무의식에 있는 여성적 요소, 모든 여성적인 심리 경향이 의인화한 것이다. 아니마는 기분이나 감정, 예감, 비합리적인 것에 대한 수용, 개인적인 사랑의 능력으로 나타난다. 아니마의 개인적인 특성은 어머니에 의해 영향 받고 결정된다. 그 영향이 부정적이면 아니마는 쉽게 흥분하고, 변덕스럽고, 우울하고, 불안정하다. 어머니의 영향이 지나치면 여성적인 사람이 되어 생의 어려움을 처리하지 못하는 감상주의자가 된다. 그러나 잘 분화된 아니마

는 남성이 올바른 배우자를 발견할 수 있도록 영향을 주는데, 생텍쥐페리는 그렇지 못했던 것 같다.47)

　한 송이 꽃은 땅에서 불쑥 올라와 달과 겹쳐 있다. 꽃에 붙어 있는 원(달)은 모성을 상징하기도 한다. 꽃과 달이 분리되지 않고 겹쳐 있어 모성적인 것으로부터 분리되지 못한 그의 종속적인 상황을 나타낸다고 할 수 있다.

제8장

방황하는 어린 왕자

1) 꽃을 주시하는 어린 왕자

그림 8-1은 어린 왕자가 꽃을 주목하고 있는 모습을 무채색으로 그렸다. 어린 왕자와 꽃 사이에는 거리감이 있다. 그런데 지금까지의 그림과 달리 어린 왕자의 왼쪽 얼굴에 눈썹을 그렸고 손가락을 구분하고 있다. 어린 왕자의 머플러 방향이 가슴 아래로 내려져 있는 것은 바람도 없고 움직임도 없이 그저 꽃에만 주목하고 있다는 것을 의미한다.

그림 8-1

꽃은 대부분 여성에 비유된다. 꽃은 신비스런 몸단장을 하고 어린 왕자에게 관심을 가져달라고 한다. 정신을 빼앗길 만큼 아름다운 존재는 아니지만, 꽃은 자신을 보아 달라고 계속 요청한다. 이것이 그를 힘들게 하지만, 어린 왕자는 그 꽃에 관심을 두기로 한다. 꽃은 어린 왕자가 미안한 마음을 갖도록 하면서 관심을 갖게 한다. 또 어린 왕자에게 향기도 주고 마음도 밝게 해준다. 그러나 어린 왕자는 그 꽃을 사랑하지 못하고 그 별을 떠나기로 한다. 8장은 어린 왕자가 그 꽃과 가까워지지 못하는 어설픈 상태를 그렸다. 어린 왕자가 꽃과 사랑을 나누지 못하는 것을 생텍쥐페리가 내면의 아니마와 결합하지 못하는 상태로 보려고 한다. 그 꽃(아니마)은 자신에게 관심을 가져달라고 하지만, 생텍쥐페리는 이 사실을 깨닫지 못하고 있다.

아니마를 인식하기란 어렵다. 페르소나처럼 뚜렷하게 보이는 것이 아니기 때문이다. 아마도 아니마·아니무스(Anima·Animus)의 인식은 먼저 어머니, 아버지의 이미지(image)로부터 분리하는 데서 시작한다. 심혼상의 가장 최초의 운반자는 언제나 어머니일 것이다. 나중에 심혼상을 운반하는 것은 남성의 감정을 부정적이든 긍정적이든 자극하는 여성이다. 어머니가 심혼상의 가장 최초의 운반자인 만큼 아이가 어머니로부터 분리되는 일은 최고의 교육적 의미를 지닌 가장 까다롭고도 중요한 일이다. 그러므로 서양인에게 특히 중요한 것은 페르소나의 다양성만이 아니라 아니마의 다양성을 통찰하는 일이다.[48]

남성이 아니마를 통찰하지 못하고 아니마에 사로잡혀 있으면 인격이 변화하여 심리학적으로 반대 성의 것으로 여기는 특징이 두드러지게 나타난다. 남성이 아니마와 에로스의 원리에 지배를 받게 되면 들뜨고 난잡한 성행위, 우울, 다정다감 등 구속되지 않은 감정의 특성을 보일 수 있다.[49]

이 그림에서 어린 왕자는 꽃을 발견하는데, 어린 왕자도 꽃도 색이 없다. 서로 거리가 있지만, 지금까지의 그림과 달리 어린 왕자의 왼쪽 얼굴에 눈썹을 그려 감정의 표현을 했다고 볼 수 있다. 하지만 '뭐....' 하는 정도의 관심만 표현한 그림으로 볼 수 있다.

2) 물을 주는 어린 왕자

그림 8-2에서 어린 왕자는 꽃에 관심을 갖고 물을 준다. 그의 뒤에는 환하게 비추는 태양이 떠 있다. 그의 모습은 얼굴에 눈썹 그려져 있고 어깨에 힘이 들어가 있다. 그의 왼발 끝이 땅을 딛고 있어서 물주는 일에 본격적이다. 그가 쥐고 있는 물통이 큰 것으로 보아 많은 물을 주려는 것 같다. 그의 머플러는 우측 위를 향하고 있다.

여기에서 꽃에 물을 준다는 것은 물이 상징하는 우주 만물, 생명의 원천으로서의 풍요, 재생, 생명의 샘과 연결된 행위이다. 그림 8-1과 대조적으로 어린 왕자는 녹색 옷을 입고 있고, 꽃도 붉은색이다. 태양은 열을 발하는 생명력을 보여 준다. 지금까지 두르고 있던 것과 달리 머플러는 우측(현실)으로 날리고 있고, 손과 다리의 움직임도 활발하다. 이 그림은 전체적으로 생명력과 에너지를 담고 있다.

그림 8-2

3) 울타리를 치는 어린 왕자

그림 8-3에서 어린 왕자는 헝클어진 머리를 하고 무릎을 꿇은 채 꽃 앞에 칸막이를 세워 꽃과 거리를 두고 있다. 꽃은 관심을 두고 자신을 보호해 달라고 요청했다. 그는 갑자기 칸막이를 꽃 앞에 세워서 꽃과의 만남에 경계를 세우고 있다. 꽃은 이 벽을 원했을까? 이

그림 8-3

것은 생텍쥐페리가 자신의 아니마를 보호해 주는 방법을 잘 모르거나, 무시하거나, 방치하는 느낌을 준다. 그의 헝클어진 머리가 보여 주듯이 그가 혼돈으로 가고 있음을 표현한 것으로 볼 수 있다. 꽃과 어린 왕자를 칸막이로 분리하는 것은 자신의 아니마와의 접촉 문제를 표현한 것이다.

4) 호랑이와 꽃

그림 8-4는 호랑이가 꽃을 공격하는 장면으로, 어린 왕자는 호랑이가 아닌 바람이 무섭다고 한다. 민담에서 호랑이는 모성 원형으로 출현한다. 우리는 무서운 어머니를 호랑이 같다고 한다. 호랑이는 힘없고 약한 동물을 통째로 먹어 치우는 동물, 화가 나면 해일이나 지진, 화산 폭

그림 8-4

발처럼 살아 있는 모든 생물을 집어삼키는 배고픈 자연이자 끔찍한 어머니라고 이해할 수 있다.[50] 그런데 어린 왕자는 호랑이가 친구처럼 무섭지 않다고 한다. 이것은 어린 왕자가 어머니를 두려워하지 않음을 보여 준다. 어린 왕자는 바람이 두렵다고 했다. 바람이란 영, 우주의 소리, 생명을 유지하는 영의 힘(신의 소리), 즉 남성 혹은 아버지를 상징한다. 이것은 생텍쥐페리의 친부가 그가 3살 반이 되었을 때 죽었던 것과 관련이 있다. 아버지는 아들이 세상 밖으로 나갈 힘과 영향력을 준다. 생텍쥐페리에게는 그런 아버지와의 친밀한 경험이 없었기에 바람이 두렵다고 한 것이다. 즉 이 그림은 부성적 내용의 결핍을 보여주고 있다.

5) 유리 용기로 꽃을 덮는 어린 왕자

그림 8-5는 어린 왕자가 유리 같은 용기로 꽃을 덮어주고 있다. 어린 왕자는 저녁이 되면 추우니까 꽃을 유리 덮개로 꽃을 덮으려고 한 것이다. 이것은 그림 8-2과는 대조적이다. 그림 8-2는 꽃에 관심을 두고 그 꽃을 잘 가꾸기 위해 물을 주고 있으나, 그림 8-5에서는 그 꽃을 유리그릇으로 덮고 있다. 유리(Glass)는 투명하지만 막혀 있는 상태이다. 외부와 단절되어 마치 얼음이나 빙산과 같다. 이것으로 꽃을 덮어 버린다. 또한 유리는 깨지기 쉽고 감정이 차가운 상태로, 비인간적인 것, 삶에서 떨어져 냉담해지는 것, 죽음에 이르는 것으로도 볼 수 있다. 이 그림에서는 마치 얼음산에 가두는 것처럼 유리 용기로 꽃을 덮어 버려 어린 왕자가 다른 어떠한 것과도 연결될 수 없는 상태가 된 것을 말한다. 어린 왕자는 이렇게 고백 한다:

나는 그 때 아무것도 몰랐어. 그 꽃이 하는 말에는 귀를 귀 기울
이지 말고, 그 꽃이 하는 일로 그를 평가했어야 했는데.... 그 꽃은
내게 향기를 주었고, 내 마음을 환하게 해주었어. 나는 어떤 일이
있어도 꽃으로부터 도망치지 않았어야 했어. 그 조그만 불평들은
그 꽃이 정말로 나를 좋아하기 때문에 하는 말이라는 걸 눈치 챘
어야 했어. 꽃들은 자기 마음을 정직하게 말하지 않거든. 하지만
난 너무 어려서 그 꽃을 사랑 할 줄 몰랐던 거야.[51]

위 독백에서 보듯이 생텍쥐페리는 꽃이 자신을 좋아해서 그에게
했던 여러 이야기를 제대로 이해하지 못했으며, 나중에 가서야 그
사실을 알게 되었다고 한다. 이것은 그가 허영심과 변덕스러움뿐 아
니라, 장미의 매력과 아름다움도 알아채지 못했음을 토로한 것이다.
이는 여자와의 경험(아니마 투사의 경험)을 암시하고, 그것이 그에게
얼마나 어려웠는가를 매우 절실하게 보여 준다. 생텍쥐페리는 아내
콘수엘로(Consuelo)를 장미라고 불렀다. 항상 돌봐주지는 못했지만,
예쁘다고 생각했다. 그는 그녀와 1931년 결혼을 하였으나, 장미의 변
덕스러움에 시달림을 받은 경험이 있다.

그림 8-5

　한 남성이 가지고 있는 아니마의 특성은 어머니로부터 영향 받는 부분이 있다. 그 영향이 부정적이면 아니마는 쉽게 흥분하고, 조급해하거나 우울해하고, 불확실하거나 불안정하다. 어머니의 영향이 지나치면 여성적인 사람이 되어 생의 어려움을 처리하지 못하는 감상주의자가 된다. 아니마는 기분이나 감정, 예감, 비합리적인 것에 대한 수용, 개인적인 사랑의 능력으로 나타난다. 그러나 아니마가 의식되지 않아 미분화 상태에 있으면 원시적인 감정과 통하게 된다. 침착하고 이상적임을 자랑하는 남성으로 하여금 폭발적인 분노를 일으키게 한다. 남성 마음속에 있는 이와 같은 부정적인 어머니상(아니마)은, '나는 아무 데도 쓸데없는 인간이다… 세상만사가 무의미하다… 다른 사람에게는 어떨지 몰라도 내게는 좋은 일이 하나도 없다.' 하는 식의 자기암시를 끝없이 되풀이하게 한다. 이 순간 그는 부정적인 아니마(negative anima)에 사로잡힌다.[52]

　아니마의 이 모든 측면은 그림자의 의식화가 충분치 않을 때 그림자에서 관찰한 것과 같은 경향을 지닌다. 아니마 역시 투사될 수 있다. 남자가 어떤 여자를 처음 만나는 순간, "바로 이 사람이다!" 하고 생각하고 그 순간에 사랑에 빠져 버리는 것은 그 여자의 모습이 그 남자의 아니마 모습과 유사하기 때문이다. 이 경우 남자는 그 여자를 오랜 옛날부터 가까이 지내온 사람으로 여기게 된다. 특히 성격이 '요정' 같은 여자들이 이런 아니마의 투사를 유도한다. 매력적이면서도 뭐라고 정의할 수 없는 대상이기 때문에 남자는 어떤 것이든지 거기에 투사하고, 자기 공상을 펼쳐 나갈 수가 있는 것이다.

남성에게 아니마는 부드럽고 섬세하고 다른 사람을 돌볼 수 있고 감정을 알아차릴 수 있게 해준다. 남성은 사랑에 빠졌을 때 그런 감정이 나온다. 그것은 외적으로는 여성을 사랑하는 것에서 나오는 어떤 결과적인 소득이지만, 심리적으로는 변화를 의미한다. 예를 들면 어린 왕자는 꽃을 두고 다른 곳으로 가기 위해서 꽃(장미)을 유리 용기로 덮어버린다. 장미(어머니, 부인)를 만나 성숙한 남성이 되어 여성을 포옹하고 자기의 전체성을 찾아갈 기회를 얻는 것이 생텍쥐페리에게는 사랑의 목적일 수도 있다. 그런데 그는 기회를 상실하여 잡지 못하고 거부했다. 그것을 피하고자 그곳을 떠나고 만다.

제9장

활화산을 청소하는 어린 왕자

그림 9를 보면 헝클어진 머리를 한 어린 왕자가 둥근 구(그의 소혹성) 위에 서서 빗자루를 들고 있다. 그는 노란색의 기다란 머플러를 하고 울타리로 둘러싸인 작은 활화산의 그을음을 털어 내려는 듯 청소를 하고 있다. 구의 우측 하단에는 태양이 활짝 떠 있고, 우측 상단에는 또 다른 화산 꼭짓점을 삼각형 모양의 뚜껑이 덮고 있다. 그 꼭짓점 밑에는 한 송이의 꽃을 유리관이 덮고 있다. 구의 좌측 하단에는 손잡이가 달린 팬을 뜨겁게 달구고 있다. 구 안에는 두 개의 꽃이 시든 듯 힘없이 아래를 향하고 있다. 배경에는 4개의 별이 각각 2개는 상단에, 2개는 좌측 하단에 있다. 이런 환경에서 어린 왕자는 무엇인가를 하려는 듯 굳은 의지를 갖고 구 위에 자신 있게 서 있다.

어린 왕자는 울타리 밖에서 화산을 보고 있다. '울타리'는 보호 혹은 정반대로 위험을 알리는 표시일 수 있다. 활화산 앞에서 아무런 무장도 하지 않고 단지 빗자루만으로 청소하려는 것은 참으로 위험한 일이다. 울타리는 어린 왕자가 마주하고 있는 위험을 상징적으로

그림 9

보여주고 있다.

사람은 때때로 활화산처럼 충동적인 존재이다. 화산 같다는 것은 폭발의 잠재성, 예측할 수 없는 상황에서의 절제하기 어려운 감정을 말한다. 화산이 소멸하면 그 안에는 지층이 쌓이고, 산의 표면은 딱딱하게 굳는다. 이것은 인간의 감정이 막혀 더는 표현할 수 없는 것과 같다. 말하자면 인간의 감정 에너지가 나갈 길이 없이 서서히 소멸하는 것을 의미하기도 한다. 사(死)화산이란 대지가 죽어 가거나 냉각되어 가고 있는 과정이며, 그 안에 있는 물질의 내적인 변화 과정은 느려지거나 약해진다.

그림의 배경에는 4개의 별이 떠 있고, 우측 아래에는 해가 떠 있다. 해가 아래에 위치함은 어린 왕자가 매우 높은 곳에 있다는 것, 그가 고양되어 있다는 것을 의미한다고 볼 수 있다. 어린 왕자는 울타리 속에 있는 화산을 정리한다. 그것은 억제해 온 과거의 감정과 마주하는 것으로 볼 수 있다. 화산이란 내면 깊은 곳에서 끓어오르는 큰 감정, 즉 분노, 화, 공격적인 어떤 내용의 분출이다. 3개의 화산과 1개의 꽃에서 4라는 수가 출현하였다. 4는 보통 완전수를 나타낸다. 이것은 완전성을 지향하는 어린 왕자의 마음과 관련이 있다. 어린 왕자가 입은 옷 색상은 차가운 청 녹색이지만, 긴 노란색의 머플러는 의식 방향으로 매우 길다. 이제 활화산은 더 이상 폭발하지 않고 활동을 멈추고 있다. 어린 왕자는 타오르던 자기감정을 잠잠하게 스며들게 정리하고 그 자리를 떠나는 양상이다.

제10장

한 명의 신하도 없는데 화려하게 치장한 왕

그림 10은 어린 왕자가 방문한 여러 별에서 만난 다양한 인물 가운데 첫 번째 인물인 왕(King)이다. 노랗고 둥근 구 위에 있는 왕은 수많은 별을 그린 옷과 왕관을 쓰고 꽃을 그린 의자에 앉아 있다. 왕이 쓴 왕관은 3개의 별과 그 위에 7개의 원이 달린 금관이다. 또한 왕은 6개의 별을 그린 숄을 걸치고 있다. 왕의 얼굴은 오른쪽 눈이 보이지 않고 왼쪽 눈만 크게 뜨고 좌측 아래를 바라보고 있다. 그는 오른손을 감추고 있고 왼손은 축 늘어져 있다. 배경에는 4개의 별이 떠 있고 맨 우측 아래에는 달(어쩌면 해)이 떠 있다. 그런데 이렇게 화려한 모습을 한 왕에게 신하가 한 명도 없다.

여기에 그려진 왕은 온갖 별로 장식한 옷을 입고 꽃으로 그려진 의자에 앉아 있다. 그의 권력을 보여 주는 것이다. 왕은 남성 원리를 나타내며 지고의 통치권, 세속 권력의 최고점을 나타낸다. 왕은 세상의 모든 사람을 자신의 신하로 여기며 통제하려 한다. 자신보다 더 큰 힘을 가진 사람의 것을 빼앗아서 자기 것으로 만들고 싶어 한다. 그러므로 왕은 다른 사람과 인격적으로 관계를 맺을 수 없어 고독해질 수 있다. 그러나 그는 힘이 있으면 고독하지 않고 외롭지 않을 것이라고 믿는 나머지 더욱 힘만을 추구하는 경향이 있다.

그림 10

　이 그림에서 왕은 화려한 치장을 하고 있으나, 축 처진 왼손과 감추고 있는 오른손 그리고 왼쪽 눈만 그려졌다. 더욱이 그는 이 왕국에 오로지 홀로 고독하게 앉아 있다. 이 왕이 통치하고 있는 이 별은 희고 긴 담비 털옷으로 덮여 있어 다른 신하나 동료들이 함께 있을 공간이 없다. 왕이 입은 하얀색 왕복의 바탕에는 28개의 별이 있다. 이것은 한 달 주기를 표현한 것으로서 왕의 주기가 가득 찼으며, 새로운 시작이 요구되는 시점임을 의미한다고 할 수 있다. 이 왕은 모든 것을 갖춘 것처럼 보이지만 정작 그는 늙고 쇠약하며, 통치 임기가 다한 것이다.

왕이 쓰고 있는 왕관에는 3개의 별이, 왕의 옷에는 수없이 많은 별이 그려져 있다. 왕이 쓰고 있는 별 3개는 다수, 창조력, 성장, 이원성을 극복한 전진 운동, 표현, 통합을 뜻하는, "모든"이라는 말이 붙을 수 있는 최초의 숫자이다. 처음과 끝을 모두 포함하기 때문에 전체를 나타내는 숫자이다. 그러나 이런 큰 힘을 가진 왕이 오른손(의식)은 감추고 왼손(무의식)은 힘없이 아래로 축 처져 있다. 왕이 앉은 의자는 대체로 좌측으로 향해 있고, 분홍색 꽃문양을 그린 의자는 등 부분이 상당히 길고 앉아 있는 부분은 작아 매우 불편해 보인다. 의자는 권력을 상징하기도 하고, 쉴 수 있는 기능도 있다. 여기서는 권력을 상징하는 의자라기보다는 앉아 있기 다소 불편하고 왕과 어울리지 않는 꽃을 그린 의자이다. 즉 이 그림에서 왕은 외적인 모습에서는 전형적인 왕이지만, 왕으로서의 역할은 제한된 상태로 표현되었다.

왕이 앉아 있는 구, 4개의 별과 달은 온통 노란색이다. 노란색은 보통 희망적인 몸부림, 지나친 명확성, 중독 상태 등을 나타낸다. 이처럼 노란색이 압도적으로 많다는 것은 왕의 지나치게 과시하려는 측면의 표현일 수 있다.

그가 앉아 있는 구의 우측 맨 아래에는 달(혹은 해)이 떠 있다. 원래 달은 하늘에 떠 있어야 한다. 왕이 달보다 높은 곳에 있어 허황되게 부풀어 있는 그의 마음 상태를 보여 준다고 할 수 있다. 그가 걸치고 있는 붉은 빛의 숄(shawl)에는 6개(창조성과 완전함 그리고 평형적인 조화의 숫자)의 별이 그려져 있다. 왕이 스스로 힘을 과시하고 있다고 볼 수 있다.

왕이 쓴 왕관에는 노란색의 별 3개가 있고 그 위에는 7개의 원이 달려 있다. 숫자 7은 일정한 주기를 마감하는 완전수이다. 성서에 나타난 창세신화에서 하나님께서는 모든 만물을 창조하시고 일곱째 날 쉬시면서 그의 위업을 마감한 날을 축복하였다. 또한 욥의 친구들이 고통 받는 그를 위로하기 위하여 찾아와 "그와 함께 땅에 앉아서 일곱 날과 일곱 밤을 지냈다."(욥기 2:13)라는 구절도 있다. 이처럼 왕은 그가 입은 옷이나 왕관이나 모두 완전한 모습을 갖췄다. 그러나 정작 그가 보여 주는 표정이나 상황은 이와는 정반대이다. 이를테면 왕이 주시하고 있는 시선은 좌측 아래로, 스스로 잘 모르는 무의식의 방향을 향하고 있다.

왕이 앉아 있는 의자에는 분홍색 꽃이 잔뜩 그려졌고 높이 솟아 있어 매우 불편해 보인다. 분홍색 꽃 의자란 여왕에게 어울리는 의자이다. 이 늙은 왕에게는 에로스, 감정, 생의 에너지 등이 중요한 관심사이다. 그는 환상의 의자에 앉아 혼자서 세상의 모든 것을 통치한다고 생각할지 모른다. 여왕이 없이 홀로 앉은 왕은 에너지가 없고, 메마르며 늙은 상태이다. 늙고 힘이 없는 왕은 이제 그 자리를 내주어야 할 것이다. 그러나 그는 많은 금색 별로 치장한 채 보상적인 힘을 과시하고 있다. 이 왕의 페르소나(힘, 권력)가 온 별을 덮고 있어서 그의 주변에는 다른 신하들이 앉을 자리가 없다. 페르소나는 자아가 외부 세계와 관계를 맺고 이에 적응해가는 가운데 형성되는 행동 양식, 일종의 기능 콤플렉스로 '사회적 역할'(social role)이 여

기에 해당한다.[53]

　　이 그림 전체 배경에는 4개의 큰 별이 떠 있다. 숫자 4는 균형과 전체성, 완성을 시사하는 숫자로서 경계의 지정과 확실한 공간을 보여 준다. 또한 숫자 4는 무엇인가 새로운 것이 시작되는 경계에 이르렀음을 의미할 수 있다. 왕은 늙어서 힘도 없고 대화도 안 되고 혼자서 말만 하는 권력 콤플렉스를 가졌기에, 이제 스스로 물러나고 젊은 왕으로 교체되어야 하는 상태일 것이다. 왕이 보여 주는 이런 모순적인 모습은 생텍쥐페리가 경험한 자신의 권력 콤플렉스(권력자, power complex)를 표현한 것으로 보고자 한다.

제11장

삐에로처럼 코가 붉은 남자

그림 11은 한 남자가 불안하게 움직일 것 같은 구(원) 위에 손은 호주머니에 넣고 서 있는 모습이다. 남자는 볼과 코가 붉은색이고, 이상한 중절모자를 쓰고 있다. 어깨에는 뜨거운 해가 바짝 붙어 있다. 그가 서 있는 구(원)의 위쪽 표면은 녹색이고, 검고 흔들거리며 불안한 형태의 시들어진 꽃 사이에 검은색 발이 그려졌다. 그는 중절모자를 쓰고 있으나 검은색 발은 신발을 신지 않은 듯 보여 조화롭지 못하고, 균형이 맞지 않는 불안정한 상태이다. 붉은색으로 볼과 코를 변장한 남자

그림 11

는 이상한 행동으로, 혹은 가면을 쓰고 여러 표정을 하면서 남을 즐겁게 해주는 서커스의 삐에로 같다. 그는 박수갈채를 보내는 사람에게 답례하기 위한 행동을 하는 듯하다. 그의 삶은 배우, 정치인, 개그맨, 인기에 살고 또한 먹고사는 사람처럼 남들 시선과 인기에 따라 좌우된다. 울고 웃고 또한 살고 죽고 언제든지 답례하도록 준비한 사람들이기에 정작 내면은 취약하다고 할 수 있다.

생텍쥐페리는 이처럼 허영심 많은 사람을 만나곤 하는데, 그가 표현하려는 허영심은 우리 안에 외적 인격(페르소나)에 속하는 부분이다. 허영심 많은 사람은 자신이 어떤 특성이 있는지 관계없이 자기 내면의 중심과 연결되어 있지 못한 사람이다. 그들은 자기 스스로가 아닌, 다른 이들의 이목과 집중을 받아야만 존재할 수 있다. 이런 특성은 누구에게나 있으나 그것이 심해졌을 때 허영심은 병적으로 드러나게 된다.

이 허영심 많은 사람의 배경에는 햇살이 놓여 있지만, 안타깝게도 너무 가까이 있다. 멀리서 햇살을 받으면 그 기운으로 만물이 소생한다. 이 남자 옆에 있는 해는 너무 가까워서, 그 뜨거운 강렬함은 주변의 꽃들을 타 죽게 할 수 있다. 그가 입은 옷 역시 태양의 열을 많이 받은 상태로 보인다. 그는 불안하게 흔들리고 있는 구(원) 위에 서 있어, 마치 날개를 잃고 바다에 떨어져 죽는 이카로스(Icarus)처럼 위태하다.

고대 그리스 문화권의 최고 기술자였던 다이달로스(Daedalus)는 자기 손으로 만들었던 크레타의 미궁에서 탈출하기 위해 직접 만든 날개를 아들 이카로스에게 달아 주었다. 그리고 "바다와 태양의 중간을 날아야 한다. 너무 높이 날아오르지 말아라. 너무 높이 날아오르면 태양의 열기에 네 날개의 밀랍이 녹아서 떨어지고 만다. 그렇다고 해서 너무 낮게 날지도 말아라. 너무 낮게 날면 파도가 네 날개를 적실 것이다."라고 말하였다. 다이달로스는 중간을 날았다. 그러나 그의 눈에는 잔뜩 신이 나서 자꾸만 높이 높이 날아오르는 이카로스가 보였다. 태양 가까이 날아간 이카로스는 결국 밀랍이 녹으면서 바다에 떨어져 죽는다. 가엾은 이카로스는 바다에 떨어져 죽고, 바다와 태양의 중간을 날았던 다이달로스는 바다를 건너 다른 나라에 착륙하였다.54)

밝고 환하게 빛나는 태양이 그의 곁에 있기를 갈구하는 것은 강렬한 인기와 시선을 원하는 것이다. 그런데 구(원) 위에 있는 검은색의 약한 꽃들은 이 남자가 신고 있는 검은색의 작은 발과 같이 타들어 가거나 시들어가는 것처럼 위태로워 보인다. 이런 사람은 에너지가 쉽게 탈진되어 자살 충동도 쉽게 일어나게 되고, 흥분도 쉬워서 자기 조절이 어렵다. 『어린 왕자』의 본문에 의하면, 남자는 청중에게 자신을 위해 박수를 치라고 계속 요구한다. 어린 왕자는 금세 싫증을 낸다. 어느 시대나 사회를 막론하고, 이러한 삐에로와 같은 군상은 정치인 또는 연예인의 모습에서 흔하게 볼 수 있다. 이 그림에서 남자는 박수치며 자신을 숭배해 달라고 한다. 어린 왕자는 나르시스적이고 페르소나적인 이 사람을 이해하지 못하여 그 의미에 대해 질문하다가, 그가 이상하다고 하면서 다른 곳으로 떠나고 만다.

제12장

술주정뱅이

그림 12에서, 한 남자가 빈 술병을 잔뜩 쌓아 술판을 벌이고 있다. 그의 얼굴은 붉고 코 역시 빨갛다. 그 옆에 빈 병이 많이 있는 것을 보면 술판을 벌인 시간이 상당한 것 같다. 그는 빈 술병을 옆에 쌓아 놓고 있으면서도 여전히 술을 마시고 있다. 그의 오른손은 술이 들어 있는 술병을 잡으려 하고 있어 더 마시고 싶은 상태를 그리고 있다. 그는 좌측을 응시하며 탁자 위에 두 손을 얹어 놓고 힘없이 앉아 있다. 또 작은 의자에 앉아 신발을 벗고 있다. 그가 앉아 있는 장소는 역시 커다란 구 위인데, 그 배경 아래에는 별 두 개가 그려져 있다.

좌측을 보고 있는 남자는 머리에 모자를 쓰고 있으나, 헝클어진 머리카락이 밖으로 나와 있다. 그의 머리카락은 보라색이고 그가 입은 옷 색상은 푸른 색조를 띤 보라색이다. 푸른 색조를 띤 보라색은 환상 세계에 의존하여 신체로부터 해리되는 느낌을 내포하고 있다. 이것은 서서히 에너지가 빠지고 있는 차가운 상태로 볼 수 있다.[55] 그가 비스듬하게 쓴 모자의 형태는 두 봉우리의 녹색 산으로 보인다. 산은 모든 물의 근원으로 세계의 중심이자 옴파로스(Omphalos)이다.

또한 대지로서 여성을 상징하기도 한다.[56] 그가 쓴 모자를 산의 형태
로서 물의 근원, 대지의 상징으로 본다면, 그것은 따뜻함과 관심 등
을 원하는 여성(어머니)에 대한 의존성을 그리고 있다고 볼 수 있다.

그의 두 손은 술을 마시기 위해 탁자 위에 올려져 있을 뿐 다른
용도나 목적이 없는 듯하다. 신발을 신지 않은 것은 그가 세상
밖으로 나갈 수 있는 상태가 아님을 보여 준다. 신발은 현실과
접촉하는 데 가장 기본적인 것이다. 이렇게 신발이 없다는 것은
현실에서 살아 보려는 노력이 필요함을 의미한다.

그의 머리가 헝클어져 있다는 것은 생각을 정리하지 않았다는
것으로 볼 수 있다. 신발도 없이 앉아 있는 그의 상태는 동적이
지 않다. 술에 취해 사는 삶은 모성 콤플렉스에 사로잡힌 남성의
특징이기도 하다.

그림 12

　무의식적으로 단순하게 그린 그림이라고 할지라도 그 속에는 인간의 정신 상태가 들어 있다. 모성 콤플렉스에 심하게 잡혀 있는 의존적 남성은 혼자서 독립적으로 사회에 진출하는 데 어려움을 겪기도 한다. 이들은 술, 마약 혹은 약물 등 중독성 있는 물질에 의존하여, 세상 밖으로 나가려 하지 않는 경향이 있다. 모성 콤플렉스가 강한 남성은 남들과의 관계를 최대한 피하는 것이 특징이다. 모성애를 강하게 느끼게 하는 여성하고는 다른 이들보다 원만한 관계를 유지할 수 있다. 남성 간의 우정이나 관계보다 모성적 여성을 자신의 수호신처럼 느낀다.

　그림의 아래쪽에 별이 2개 그려져 있다. 무의식의 별이 2개 있어, 의식해야 하는 목적이 있음을 이 술꾼은 알아차려야 한다. 또한 그의 오른손은 술이 들어 있는 두 개의 술병 쪽에 있어, 더 마시면 안 된다는 것도 알아야 한다. 『어린 왕자』의 본문 내용에 따르면, 이 남자가 술을 먹는 이유는 무엇인가를 잊기 위해서 혹은 부끄러움을 잊기 위해서라고 한다. 그는 세상살이가 괴롭고 귀찮은 듯 목적도 없고, 삶의 의욕도 없어 보인다. 많은 경우 술은 괴로운 생각이나 무언가를 잊고 회피하고 싶을 때 마신다. 알코올 의존(alcohol dependence)은 잦은 음주로 인하여 알코올에 대한 내성이 생겨 일어난다. 알코올 섭취량이나 빈도가 증가하고 술을 마시지 않으면 고통스러운 금단 현상이 나타나게 되어 술을 반복하여 마시게 된다. 알코올 내성이 생기면 술에 취하지 않게 되므로 점점 더 많은 양의 술을 마시게 된다. 또한 술을 마시지 않으면 다양한 금단 현상으로 손 떨림, 불안, 초조, 불면증, 구토 등이 나타난다. 술을 다시 마시면 이러한 증상이 사라지므로 계속 술을 마시게 된다. 알코올 금단 상태에 빠진 사람은 술이 자신에게 해롭다는 것을 알면서도 고통스럽고 강렬한 금단 증상에서 빠져나가기 위해 다시 술을 마시게 된다.[57] 무의식이 의식을 사로잡아 자아의식이 이에 완전히 의존하는 경우라고 볼 수 있다. 자아가 무의식의 지배를 강압적으로 받는다는 것은 무의식의 모성성에 의해 지배된 상태라고 볼 수 있다.

이처럼 망각하고 회피하려는 마음은 바로 의존적 성격을 단적으로 보여 준다. 그는 독립적으로 앞으로 진출하지도 못하고, 중독적인 술과 같은 것에 의지하는 회피적 상태이다. 술과 같은 중독성 물질(material)은 곧잘 아니마 원형의 투사를 받는데, 그것은 모체(matrix)의 특징을 가지고 있다. 이러한 물질은 아니마의 입김이 닿을 때 평범한 물질을 떠나 마력으로 변한다. 인간이 물질을 이용하는 것이 아니라 인간이 그 물질을 신봉하거나 의존하게 된다. 알코올 중독자들의 술에 대한 애착은 이성에 대한 애착을 능가한다. 극도로 의존적인 사람은 매사를 혼자 결정하지 못하고 타인에게 기대려 하며, 그들과의 갈등을 두려워하여 순종적인 행동을 보인다. 다른 사람과의 관계를 피하려는 사람들은 타인의 거부나 비판을 두려워하여 대인 관계마저 원만하게 형성하지 못한다. 이 같은 성격은 모두 애정과 인정을 통해서만 자기 가치감을 확인하려 하는 공통점이 있다.

생텍쥐페리는 편지나 글을 쓸 때 사람 모습도 함께 그렸다. 18세 때 어머니에게 보낸 편지에 "사랑하는 어머니."라는 인사말과 함께 어머니는 천사이고, 세상에서 가장 아름다운 사람이며, 총명하고 친절한 사람이라고 썼다. 그러면서 자신이 상상하고 있는 어머니의 모습을 그렸다.58) 그런데 편지에 그린 어머니의 모습은 전형적인 따뜻한 여성이 아니라, 생각에 잠긴 듯 눈도 없고 남자처럼 수염이 있는 강한 남성을 연상시킨다. 어머니의 얼굴에는 목이 없고 사각형의 넓은 어깨는 남성의 것보다 더 강하며, 팔과 다리는 지나치게 굵게 그려졌다. 이 어머니는 치마를 입고 있다. 특히 오른손을 그려야 할 자리에 왼손을 그린 것은 생텍쥐페리가 어머니를 무의식적으로 강하게 생각하고 있음을 보여준다고 할 수 있다. 그가 어머니에게 보내는 편지에는 "어머니는 천사이고, 세상에서 가장 아름다운 사람이며, 총명하고 친절한 사람"이라고 표현하고 있다. 그러나 정작 그가 그린 어머니는 이런 성격과는 전혀 다른 강한 남성과 같은 모습이다.

생텍쥐페리는 여성의 고유한 특성으로 음식, 따뜻함, 사랑 그리고 보살핌을 받은 어머니를 상상했다. 동시에 강압적인 주변 환경으로 인한 강박감, 지나친 통제와 양육하는 사람으로서의 과도한 기능 등 압박감을 느끼게 하는 어머니상도 있다. 생텍쥐페리가 쓴 모든 글에서 실제로 어머니에 대한 강박관념이 나타나 있진 않다. 그러나 그는 내면적으로 이상적이고 전형적인 어머니를 항상 그리워했다. 3살 반 때 아버지가 돌아가셨기 때문에, 그는 혼자 남은 어머니에게서 아버지의 역할 역시 수행해야 하는 강한 어머니(남편이 없는 무의식적인 아버지 역할)를 보았다. 그의 모성상은 어머니 그림처럼 크고 비대했다.

생텍쥐페리가 23살이 되었을 때, 어머니에게 보냈던 편지에서 그는 "당신만이 모든 것을 해결할 수 있어요. 난 당신 손에 의지합니다. 당신의 순수한 힘에 호소하면 모든 것이 해결됩니다. 나는 지금 어린애처럼 느껴집니다. 당신 곁에 피난하고 싶어요."라고 말한다. 성년이 되었음에도 어머니의 사랑에 대한 그의 갈망은 결코 사라지지 않았다. 30살이 되던 1930년, 그는 예비 신부였던 콘수엘로(Consuelo)와 혼인 등록을 하려고 시청에 갔다. 그런데 등록할 당시 어머니가 함께 동행하지 않았다. 생텍쥐페리는 그 자리가 너무도 불안하여, 아이처럼 떨면서 눈물범벅이 되어 울었다. 이런 신랑의 행동을 본 신부는 혼인 등록을 하지 못했다. 30살의 그는 어머니로부터 분리되지 못한 상태였다.

제13장

일만 하는 사업가

그림 13에는 머리카락이 거의 없는(단지 2가닥) 대머리 남자가 빨간색 줄무늬 넥타이를 매고 입에는 담배를 물고 있다. 그는 사업가로서, 책상에 앉아 오른손 두 번째 손가락으로 힘을 주면서 글이 적힌 종이의 뒷면을 가리키고 있다. 그의 두 눈은 점으로만 표시되어 있고 귀는 옷으로 가려져 있다. 이 그림의 배경에는 5개의 별이 있다. 이 장에서는 여러 숫자(3, 2, 5...)가 나온다. 이 사업가는 숫자 자체에 매료되어 있다.

숫자는 주로 양적인 것으로 동전이나 지폐, 번지수, 통계 등 우리가 문명화된 세계에 적응할 때 쓴다. 이 장에서 나오는 사업가는 숫자에 강박적이어서 몸, 즉 본능을 접촉하지 못하고 계산만 할 뿐 그 외에는 어떤 상상도 하지 못한다. 그는 숫자와 같은 정확성이나 소유에 집착하기 때문에 자기 자신도 돌보지 못하고 자신의 소유물도 사실상 돌보지 못할 것이다. 예를 들면 자신이 속한 환경도 돌보지 못하고, 자기 몸, 가정, 사랑하는 사람, 사회, 국가 모두를 숫자로 보고 숫자 세는 것에만 몰두한다.

그림 13

넥타이는 보통 남성을 대표하는 상징물이다. 그가 매고 있는 빨간색 사선 넥타이는 사람의 눈을 강하게 끌어당긴다. 사선의 빨간색은 그 자신의 힘, 에너지를 나타낸다. 사선은 에너지가 넘치는 표현으로 상승이나 승리 혹은 그와 반대로 추락이나 패배도 나타낸다. 선은 운동성, 목적과 방향, 활기와 허약함, 자극성과 역동성 등 선을 그리는 사람의 심리적 상태, 나아가 신체적 상태까지 보여줄 수 있다. 선의 조합은 현실성과 동등한 가치를 지닌 형태이며, 살아가는 데 필요한 방향 감각과 동등한 의미를 지니는 표현 수단이기도 하다.

미국 기업인이자 방송인, 정치인이며 2015년 미국 대통령 선거 후보로 출마를 선언, 2016년 11월 미국 45대 대통령으로 당선이 확정된 도널드 트럼프(Donald Trump)가 떠오른다. 이 사업가처럼 트럼프는 번번이 빨간색의 사선 줄무늬 넥타이를 즐겨 착용하고, 손이나 손가락을 자주 사용하면서 연설을 한다. 손이나 손가락을 지나치게 사용하는 것은 육신과 정신의 생기를 불러일으키는 힘, 에너지를 나타낸다고 볼 수 있다.

이 장에서 사업가는 별을 모두 자기 것으로 소유하려고 한다. 다른 사람이 별을 소유하는 것을 용납하지 않는다. 자기 자신의 별도 돌보지 못하면서 다른 별을 내 것으로 만들려고 하는 사업가를 어린 왕자는 이해할 수 없다고 말한다. 우리는 사람 마음을 알기 어렵다. 특히 돈 문제에 관해서는 더욱더 그렇다. 이것 역시 또 다른 콤플렉스 중 하나라고 볼 수 있다. 이 사회가 물질문명에 기초하고 있기에 돈 콤플렉스로부터 자유롭기는 매우 어려운 것이 사실이다. 돈 콤플렉스에서 벗어난 사람은 자유로운 삶을 영위할 수 있다.

현대 물질 사회는 돈을 모으고 절약하고 큰 집을 사는 것을 큰 가치로 생각한다. 물론 경제적인 독립은 중요한 일이다. 그러나 돈에만 몰두할 때 인간의 정상적인 삶과 덕이 차지할 공간은 없게 된다. 오히려 술보다 더 어려울지 모른다. 내담자 중에도 충분한 여유가

있음에도 돈을 절약하기 위해 값싼 것만 먹는다든지, 모든 행동의
기준을 돈으로 좌우하는 사람이 있다. 정신적이고 심리적인 발전에
관심이 있기보다 소유하기 위해서 존재하는 경향이 있다.

　　배경에 5개의 별이 떠 있다. 숫자 5는 우리의 손과 신체(오감 기
관)와 관련이 있다. 다섯 개의 손가락은 수를 셀 수 있는 최초의 도
구이며, 흔한 경험은 손을 확인함으로써 이루어진다. 사업가는 작은
눈으로 담배를 입에 물고, 오른 손가락으로 숫자를 가리키고 있다.
가리키는 부분이 앞면(의식)이 아닌 종이의 뒷면(무의식)이다. 그가
앞면이 아니라 뒷면을 가리키고 있음은 인간의 평범하고 일상적인
부분이 아닌, 지나치게 돈이라는 부분에만 집착하는 그의 무의식을
보여 준다. 그의 두 눈은 아주 작은 점으로, 다양한 현실을 보지 못
하고 있음을 말한다. 이 사업가는 유독 큰 몸과 큰 얼굴에 단지 2가
닥의 머리카락만 있는 대머리이다. 그의 얼굴과 머리는 붉은색이다.
이는 세상 밖의 다른 것은 잊고 온통 사업 구상에만 몰두하는 모습
을 보여 준다.

제14장

가로등을 켜는 사람

그림 14는 머리카락이 두 개로 갈라져 있고 목에는 초록색의 머플러를 한 남자가 공중에 높이 부유하고 있는 작은 구(원) 위에서 점등을 하는 모습이다. 배경에는 붉은 태양이 구 좌측에 붙어서 유난히 밝게 빛나며, 별 4개가 사방에 떠 있다. 흥미롭게도 이 구의 표면이 매끈하지 않고, 그 위에는 가로등이 서 있다. 또 상대적으로 구의 크기가 매우 작다. 이 남자가 서 있는 구가 상대적으로 너무 작고 기울어져 있어서 불안하게 보인다. 내용에 따르면 이 구는 1분에 한 번씩 회전하기 때문에 남자는 가로등을 자주 켜고 꺼야 한다. 이 사람이 전등을 점화하는 것은 불을 밝혀서 다른 사람에게 유익을 주려는 것 같지만, 사실은 누구를 위해서 하는 것이 아니라 습관적으로 반복하고 있을 뿐이다. 즉 일종의 강박관념에 따른 것이다. 우리 역시 일종의 반복적인 행동을 할 수 있다. 전등을 켜고 끄는 일을 계속 반복하듯이 자신을 조절하지 못하고 그냥 따라 하는 경우가 많다. 때로는 이런 행동의 동기가 다른 사람을 위한 것인 양 포장하기도 한다. 그러나 실제로 그 행동은 자신을 위한 것도, 다른 사람을 위한 것도 아닐 때가 있다.

강박증이란 불안장애의 일종으로 한 가지 행동을 불필요하게 반복하는 것이 특징이다. 우리 대부분은 쓸데없고 불유쾌한 걱정을 많이 하면서 살고 있다. 집을 나서면서 혹시 가스를 확인했는지, 문단속은 했는지, 전등은 끄고 나왔는지 많은 걱정을 한다. 결국 몇 발자국 가다가 돌아서서 집으로 가서 확인을 하고 나면 안심이 되고 불안을 쫓아버릴 수 있게 된다. 이와 같이 비정상적으로 여러 번 확인하는 행동을 보인다. 같은 행동을 반복함으로써 강박적 사고를 막거나 생각을 지우려고 하지만, 결과적으로 불안은 증폭된다. 강박사고와 강박행동을 모두 가진 경우가 많지만, 때로는 강박사고만을, 혹은 강박행동만을 가진 경우도 있다. 강박증 증상 중 가장 흔하게 나타나는 것은 손 씻기로 더럽다는 느낌에 손 씻는 행동을 반복한다. 오염에 대한 생각이 부적절하다는 것을 인식하지만, 잘 통제되지 않고 반복적으로 의식에 떠올라 고통스럽다. 따라서 이러한 사고를 없애기 위해서 여러 가지 노력을 하는데, 흔히 강박행동으로 나타나게 된다.59)

이 그림의 배경에는 별 4개가 있다. 4라는 숫자는 완전함의 상징으로, 완전 주기를 나타낸다. 가로등의 머리 양옆에 별이 하나씩 떠 있고 아래에는 2개의 별이 있다. 남자는 손에 불을 들고 있다. 그의 일과는 종일 가로등을 켜는 일에 집중되어 있다. 완전한 시간, 완전한 주기, 완전한 수 등 그는 정확하게 켜야 하는 힘든 작업을 하고 있다고 볼 수 있다.

강박적인 사람의 특징은 어떤 일이든 정확하게 확인하고 밝혀야 한다는 것이다. 그가 그린 태양을 보면 일정한 규칙이 있다. 이를테면 태양의 빛은 일정한 간격의 점선으로 모두 3개씩 그려져 있다. 또한 태양을 강조해서 그린 것은 밝히는 것에 사로잡혀 다른 어떤 것도 할 수 없는 상태임을 나타낸다. 이 그림에서는 가로등을 켜는 사람의 머리카락이 두 개로 갈라져 있는 것은 그가 가로등 불을 끄

그림 14

고 켜는 일만 해야 한다는 생각만 머릿속에 가지고 있음을 보여준다. 한번 강박사고에 사로잡히면 어쩔 수 없이 행동이 따라가므로, 부지런해 보이지만 피곤하고 잠도 자지 못한다. 그의 목에 있는 초록색 머플러는 아래로 향하고 있다. 초록색은 일반적으로 자연에서 볼 수 있는 초원을 연상하게 한다. 초록색은 생명의 흐름, 많은 자양분으로 조화와 균형을 주는 효과가 있는 색이다. 이렇게 불안해서 잠도 자지 못하며 가로등을 켜는 사람에겐 마음을 진정시키는 초록색이 필요한 것이다.

어린 왕자는 앞서 언급한 다른 인물들(왕, 술주정뱅이, 삐에로, 사업가 등)보다 이 사람을 더 친근하게 여긴다. 이 남자의 문제는 강박증인데, 어린 왕자는 이 남자가 술꾼, 돈 콤플렉스, 나르시스적인 인물보다는 낫다고 느끼고 있다. 그러나 강박적인 사람과 함께 사는 일이 쉽지 않아서인지, 그는 머물지 않고 그 별(구)을 떠나기로 한다.

제15장

지리학자와 지구에 도착한 어린 왕자

1) 책상에만 앉아 있는 지리학자

어린 왕자가 방문한 여섯 번째 구(별)는 다섯 번째 구(가로등이 있는 별)보다 크기가 10배나 더 크다. 구라고 하지만 한쪽은 그리지 않은 미완성의 구(원) 위에 흰 수염을 기르고 녹색 옷과 모자를 쓴 노인이 책상에 앉아 있다. 책상 위에는 큰 책이 펼쳐져 있고, 오른손은 책 위에 있으며 왼손은 돋보기를 잡고 있다. 그림 15-1의 배경에는 별 두 개가 이 노인의 양쪽에 한 개씩 떠 있다. 이 사람은 지리학자인데, 지형을 연구하는 행동은 하지 않고 해놓은 일을 기록만 한다. 그러나 그가 보고 있는 책을 가만히 들여다보면 백지로 되어 있다. 그는 무언가를 읽는 태도를 취하고 있으나 사실 아무것도 읽고 있는 게 없다.

그가 앉아 있는 책상 위에는 두꺼운 책과 돋보기가 놓여 있다. 이 남자는 수염을 기른 연로한 지리학자이고, 녹색 옷을 입고 있으며, 쓰고 있는 모자 역시 녹색이다. 손과 머리는 있으나 몸, 다리, 책상은 한 몸처럼 되어 있다. 즉 이 남자는 머리와 손만 기능한다고 할 수 있다. 그는 자신의 지식을 손으로 기록하는 기능을 갖고 있지만,

실제 책은 글이 없이 비어 있다. 책상과 책과 한 몸이어서 그 외의
다른 기능은 제대로 발휘하지 못한다.

그림 15-1

『어린 왕자』의 내용에 따르면 지리학자는 "지리학 책은 모든 책
중에서 가장 귀중한 책이다. 가장 중요한 것이 쓰여 있는 책으로 한
번 쓰면 절대로 변하지 않는다. 산이 위치를 바꾸는 일도 거의 없고,
넓디넓은 바다의 물이 다 말라 버리는 일도 거의 없다. 우리는 영원
히 변하지 않는 것만을 쓴다."라고 말한다. 이처럼 지리학자는 세상
에서 자기가 가장 멋있고 웅장하고 대단하다는 생각에 사로잡혀 있
다. 지리학자는 탐험가처럼 두 발로 마을, 강, 산, 바다 그리고 사막
을 돌아다니며 실제 오감을 사용해야 한다. 하지만 이 지리학자는
산이나 강에 대해서는 전혀 모른 채 머리만 사용한다.

이 그림에선 구(원)를 다 그리지 못한다. 책상 위에 있는 책은 크고 두꺼우며, 돋보기 또한 매우 크다. 이 책 속에는 아무 글도 적혀 있지 않다. 또한 지리학자의 어깨는 비정상적으로 올라가 있고 옆에는 별이 떠 있다. 높은 상태에 있는 그림으로 자기의 힘, 과시 그리고 별처럼 대단하고 웅장한 존재라는 생각을 표현하였다. 그러나 책에는 아무것도 쓰여 있지 않은 상태로, 상상 속에 갇혀 있다.

어린 왕자가 지리학자에게 어디로 가면 좋겠냐고 묻자, 그는 지구로 갈 것을 권한다. 지구는 삶, 생명이 있는 별이다. 머리만 써서는 안 되고 몸, 마음, 다리, 손 등을 사용해야 건강하다. 융은 지적인 작업만 하는 사람이 오히려 신경증에 노출될 위험이 크다고 했다. 어린 왕자는 지리학자가 권한 삶, 생명 있는 별인 지구로 떠난다.

2) 지구에 도착한 어린 왕자

그림 15-2가 보여주듯이, 어린 왕자는 지리학자가 충고한 대로 지구라는 유명한 별에 드디어 도착한다. 어린 왕자가 지구에 도착하자 지난 여행 중 보았던 꽃(8~9장에 나타나는 꽃)이 불현듯 생각났다. 그런데 어린 왕자가 도착한 지구는 햇볕이 쨍쨍 내리쬐는 사막의 한가운데여서, 생명체라고는 선인장과 앙상한 뼈다귀만 보이는 삭막한 곳이다. 어린 왕자는 작렬하는 노란색 태양을 뒤로하고 오른손으로 무언가를 가리키면서 어딘가 자신 있는 자세로 서 있다. 이는 약간 성장한 어린 왕자의 모습으로 보인다. 그는 갈색 옷을 입고 있다. 갈색은 자연에서 모든 농업의 기본이 되는 색이다. 인간의 문화와 의식 발달에 영향을 주고 생명을 제공하는 대지로서의 모(母), 양분을 주는

물질과 연결된다['materia'는 라틴어로서 나무(wood)를 의미한다].60)

　　어린 왕자가 입은 갈색 옷은 그가 11마리의 새에 매달려 떠날 때 (머릿그림 참고) 날아가고자 했던 행성(별)과 같은 색이다. 어린 왕자는 여러 별을 여행하고 드디어 자신이 원하는 지구에 조금 성장한 모습으로 도착하였다.

그림 15-2

이 그림에서 어린 왕자는 오른손으로 어딘가를 가리키며 늠름하게 서 있다. 전통적으로 오른손은 논리, 의식성, 이론적으로 나타나는 '남성성'의 품성을 대변한다. 반대로 왼손은 감정, 무의식, 직관력 등으로 나타나는 '여성성'의 품성을 대변한다. 보통 우측에 나타나는 것은 태양에 속하며, 남성적인 것으로서 미래지향적이고 외향적인 원리이다. 우측에 노란색 태양을 뒤로하고 서 있는 모습은 생텍쥐페리 안에 남성적이고 미래적인 계획이나 긍정적인 변화가 있음을 알려 준다. 그러나 그가 쳐든 오른손을 자세히 들여다보면 아래로 약간 굽어 있어, 자신감이나 에너지가 약간 약화되어 보인다.

이 그림에서 어린 왕자의 눈 방향이나 머플러 방향은 아래쪽(무의식)을 향한다. 이것은 그가 서 있는 대지에 관심이 있음을 의미한다. 대지(earth)는 태모, 대지모신, 우주의 어머니, 양육자를 뜻하는 것으로, 어린 왕자는 여전히 모성에 집착한 채 어머니를 떠나고 있지 못한 것이다.

지구는 어린 왕자가 가고 싶은 곳이었으나, 그가 도착한 곳은 태양이 너무 뜨겁고 살아 있는 생명체라고는 선인장과 죽음이나 헛됨의 상징인 동물의 뼈만 있는 고독하고 삭막한 사막이다. 사막은 낮에는 너무나 뜨겁고 밤에는 추운 곳으로 생명체가 제대로 살 수 없는 곳이다. 이는 어린 왕자의 삶이 사막이라는 환경처럼 결코 쉽지 않음을 보여 준다고 할 수 있다.

제16장

어린 왕자가 지구에서 만난 사람들

　어린 왕자는 드디어 지구에 도착하게 되었다. 지구에서 어린 왕자는 지금까지 방문했던, 첫 번째 별에서부터 여섯 번째 별까지 만나 왔던 왕(King), 삐에로, 술주정뱅이, 사업가, 가로등인, 지리학자와 같은 사람을 한 명이 아니라 훨씬 많이 만난다. 그런데 이들의 모습이 마치 오페라 발레단의 무용수처럼 질서 있게 보였다고 한다. 어린 왕자는 각 나라에서 온 사람을 보았는데, 뉴질랜드, 오스트레일리아, 중국, 시베리아, 러시아, 인도, 아프리카, 유럽, 남아메리카, 북아메리카, 북극과 남극 순이다. 멀리 떨어져서 보면 대단한 광경인데, 가까이에서 보면 실망할 수도 있다. 사람은 어느 정도 거리를 두고 바라보는 것이 아름답다.

　어린 왕자는 이런 무리를 지구에서 보았으나, 그들의 영역에는 가까이 들어가지 못한다. 멀리서 지켜만 보는 것은 그가 여전히 그들과 관계 맺지 못함을 보여 준다.

제17장

지구 사막에 도착한 어린 왕자

그림 17은 지구에 도착한 어린 왕자가 지구 표면 끝에 위태롭게 서 있는 모습이다. 이 그림의 배경은 청색이고 그의 머리 위에는 한 개의 별이 떠 있으며 별에선 3개의 큰 빛줄기가 퍼지고 있다. 그는 우측 아래에 있는 노란빛을 띤 뱀을 응시하고 있다. 그가 방문한 지구에는 백열한 명의 왕, 칠천 명의 지리학자와 구십만 명의 사업가, 칠백오십만 명의 술꾼, 백만 명의 허영꾼이다. 다시 말해 거의 이십 억 명의 어른이 살고 있었으나, 그가 만난 사람은 없다. 그는 단지 노란색의 뱀만을 보게 되었다.

별이란 신의 존재, 최고의 위엄, 영원한 것, 죽지 않는 자, 신의 사자인 천사, 어둠 속에 빛나는 희망, 밤의 눈을 나타낸다. 이집트에서는 항상 영원하고 신성한 존재의 세계를 상징하는 것으로서, 영생불멸하는 정신의 영적인 부분이 새나 별(소위, 바[ba])로 태어났다. 사후에도 지속하고 죽은 뒤에 떠도는 별이 되어 태양신을 따라다니는 인격 부분으로 생각하였다. 별은 고유한 인격체의 영속성과 관련하여 투사된 것으로 여겼다. 성경에 보면 동방의 박사들은 베들레헴에 새롭고 밝게 뜬 별을 보았을 때 탁월하고 뛰어난 인물이 태어날 것이라고 여겼다. 그런 까닭에 동방 박사 세 사람은 즉시 베들레헴에 태어난 아기 예수를 경배하러 가게 되었다.

그림 17

이렇듯 별이 가진 의미를 볼 때, 어린 왕자의 머리 위에서 밝게 빛나고 있는 별은 그가 지구에서 자신이 원하는 어떤 인물도 만나지 못한 까닭에 무의식적이나마 별처럼 영웅적인 인물을 기대한다는 것을 의미한다.

지구의 사막에서 만나고 싶은 사람은 만나지도 못하고 유일하게 만난 뱀에게 그는 "안녕!" 하고 인사한다. 그러자 뱀 역시 "안녕!" 하며 응답한다. 지구 현실에 참여하려고 어린 왕자가 머뭇거리자, 뱀은 그에게 지구의 삶은 외롭고 쓸쓸하니 내가 너를 도와줄 수 있다고 말한다. 어린 왕자는 뱀에게 "별이 빛나고 있는 것은 언젠가 모두 자기의 별로 돌아갈 수 있게 하기 위해서일까?" 하고 물으면서 "내 별을 봐. 바로 머리 위에서 빛나고 있다고."라고 말한다.

뱀(Serpent)은 아주 복합적인 의미를 가진 상징이다. 뱀은 다리나 날개가 없이 움직이는 것으로서 모든 것에 침투하는 영을 상징한다. 뱀은 마녀나 마술사 같은 사악한 힘을 가지고 변장하기 때문에 자주 자연계의 사악한 면을 상징한다. 뱀은 하등 척추동물로 아주 오래전부터, 해부학적으로 피질하 중심, 소뇌, 척수에 위치한 집단정신의 기층을 상징하는 것으로 즐겨 사용되었다. 이들 기관이 뱀을 구성한다. 그러므로 뱀 꿈은 보통 의식의 마음이 본능으로부터 벗어나 있을 때 생긴다. 뱀 꿈은 의식이 특별히 본능과 멀리 떨어져 있다는 신호이다. 의식의 태도가 자연스럽지 못하다는 것을 보여 준다. 또한 그것은 어느 면에서는 외부세계에 잘 적응하고 너무나 매혹적이면서, 동시에 결정적 순간에 절망적으로 실패하는 경향이 있는 인위적

인 이중인격을 보여 준다. 잃어버린 내면의 분신에 대한 비밀스러운
끌림을 볼 수 있다. 그 내면의 분신은 그 사람을 전체로 만들어 줄
수 있는 것으로서, 두려우면서도 사랑스럽다. 이것이 신화에서 뱀이
이중적인 면을 지니는 근본적인 이유이다. 그것은 두려움을 일으키
고 죽음과 독을 가져오는 빛의 적이다. 동시에 동물 형태의 구원자,
로고스와 그리스도의 상징이다. 후자의 형태로 나타날 때 그것은 의
식화와 전체성을 이룰 가능성을 나타낸다.61)

　　다른 모든 동물처럼 뱀은 본능적인 심혼의 한 부분이다. 그러므로
생텍쥐페리는 의식에서 멀리 떨어진 본능으로 자신의 내적인 뱀을
만난 것이다. 우리의 이야기에서도 뱀이 똑같은 이중적 역할을 하는
것을 볼 수 있다. 그것은 어린 왕자를 죽이고 그를 땅의 중압감에서
해방하는 일을 제안한다. 이 제안은 두 가지로 이해할 수 있다. 자
살, 혹은 삶에서 벗어나는 행운이다. 죽음을 파국이나 불행이 아니
라 우리 내면의 존재를 방해하는, 견딜 수 없고 중요치 않은 현실 상
황에서 최종적으로 벗어나는 것이라 여기는 철저히 철학적인 태도
로 볼 수 있다.62)

　　뱀은 어린 왕자 자신의 그림자로 어두운 부분을 나타낸다. 그러므
로 그를 독살하겠다는 뱀의 제안은 그림자의 통합을 의미할 수 있
다. 그러나 불행하게도 그것은 생텍쥐페리에게 일어나고 있는 것이
아니라, 전체의 중심인 자기(Self)에서 일어나는 것이다. 이것은 모
든 것이 무의식에서 일어나고 심리적인 핵을 다시 현실에서 분리하
려는 것을 의미한다. 독살을 당해야만 했던 사람은 사실 생텍쥐페리

이다. 그러면 그는 어린 왕자와 분리되었을 것이다, 그의 어린 동생이 죽었을 때 그는 동생이 하늘에 있는 천사이고 이 땅에서 살 필요가 없기 때문에 아주 행복하다는 등의 이야기를 들었을 것이다. 그리고 생텍쥐페리는 이것을 누구보다도 믿었을 것이다. 그는 그것을 받아들였고 죽음은 오직 부분적으로만 불행함을 깨닫게 되었을 것이다.63)

어린 왕자는 뱀을 향해 "너는 참 이상한 동물이구나. 손가락처럼 가느다랗고…."라고 말한다. 뱀은 그를 향해 "나는 임금님의 손가락보다 더 힘이 세단다.", "난 너를 배보다도 멀리까지 데려다줄 수 있어."라고 했으나, 어린 왕자는 아무런 대답도 하지 않았다. 그러자 뱀은 어린 왕자에게 "내가 건드린 사람은 누구나 자기가 온 곳으로 되돌아가게 되지. 하지만 너는 착하고 게다가 별에서 왔으니까…." 라고 말했다.

이 그림에서 노란색 뱀을 이해하고 그 뱀이 어린 왕자에게 어떤 도움을 주는지 살필 필요가 있다. 노란색 뱀은 좌측 아래로 기어가는데 그 방향은 무의식의 방향으로 볼 수 있다. 폰 프란츠는 뱀이 무의식(죽음)의 유혹, 즉 자살하는 방식으로 도움을 주며, 그들이 온 땅으로 다시 돌아가게 할 수 있다고 말한다. 뱀은 지구가 어린 왕자가 살기에는 너무 가혹하고, 그것을 견딜 수 없으리라 추측한다. 그래서 자신이 도울 수 있다고 한다. 뱀이 어린 왕자를 돌려보낼 수 있다는 것은 죽음을 의미한다. 뱀은 수수께끼를 풀 수 있다고 하는데, 죽음은 모든 문제를 해결할 수 있는 것으로, 이는 죽음의 유혹으로

볼 수 있다. 그것은 풀리지 않은 문제의 궁극적인 해결, 삶으로부터 도피하는 길을 제시한다.64)

어린 왕자는 지구의 사막에 도착했지만, 청색 배경에서 그의 머리 위에는 3개의 빛줄기가 펴지는 큰 별이 떠 있다. 숫자 3은 동적이며, 쉼이 없는 불완전의 상징이다. 3개의 빛줄기가 펴지는 별은 밝은 노란색으로, 사막의 태양처럼 오히려 모든 것을 건조하게 만들어 파괴할 수 있다. 여기에 사용한 청색 배경은 마치 물처럼 보인다. 어린 왕자는 대지 위에 서 있으나 몸은 물속에 갇혀 있는 듯하다. 또한 가장자리에 서 있으니 잘못하면 물속(무의식)으로 들어갈 수 있는 상황이다. 그의 정신세계는 위험한 상태이다. 이런 틈새를 뚫고 뱀은 슬그머니 어린 왕자의 시선을 끌면서 무의식의 방향인 좌측으로 기어간다. 이것은 어린 왕자가 뱀의 본능적인 측면을 수용하지 못하는 것으로 볼 수 있다. 이 책의 후반부인 26장에서, 이 뱀은 자신의 독으로 어린 왕자를 죽인다.

제18장

사막에서 꽃을 만난 어린 왕자

그림 18은 태양이 사막을 강렬하게 비추고 있고, 한가운데 두 송이의 빨간색 꽃이 활짝 피어 있다. 사막에는 사람이나 낙타 혹은 그 외의 생물이 지나간 자국처럼 점선이 좌측 아래에서 시작하여 우측으로 이어져 있다. 태양에서는 빛줄기가 8개 펴져 나간다. 어린 왕자는 이 꽃에게 인사하며 사람들이 어디 있냐고 조심스럽게 묻는다. 꽃은 언젠가 낙타를 타고 상인들이 지나가는 것을 본 적이 있다고 한다. 이런 이유로 어린 왕자는 이 그림에서 기억을 점으로 표시하고 있다.

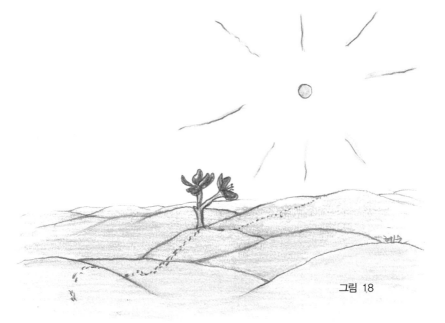

그림 18

　기하학에 점(點)은 개념상 눈에 보이지 않는 비물질적인 본질로 정의된다. 물질적으로 생각할 때 점은 제로(zero)와 같다. 제로 속에는 '인간적인' 서로 상이한 속성을 숨기고 있다. 끊임없이 이야기를 진행하는 동안 점은 중단, 즉 부재(부정적인 요소)를 상징한다. 동시에 점은 한 존재에서 다른 존재에 이르는 교량(긍정적인 요소) 역할을 한다. 이와 같이 기하학적인 점은 우리의 상상 속에서 최고로, 그리고 가장 개별적으로 침묵과 고유성을 압도할 만큼 내적인 울림이 있다.65)

　우리는 그림을 그릴 때 선을 사용하는 것처럼 인류가 남겨놓은 최초의 흔적도 선을 사용하였다. 선 또한 눈에 보이지 않는 본질로서 점이 움직여 나간 흔적이다. 다시 말해 점이 움직여서 선을 만든다. 점으로 된 선은 제17장 <지구 사막에 도착한 어린 왕자>의 그림 17에서 노란색 뱀이 기어갔던 좌측 아래 그 방향에서 시작한다. 그림 18의 점으로 된 선은 좌측 아래에서 시작하여 꽃 옆을 통과한다. 우측 위로 향하다가 태양 쪽으로 점점 가늘어지고, 사막 끝에서 사라진다.

　태양의 빛줄기가 8개로 펴져 있는데, 수학적으로 숫자 8은 4의 배수이다. 8은 숫자 4와 비슷한 성질을 가지지만, 좀 더 분화된 성질을 갖는다. 8은 7과 1의 합으로서 여덟은 일곱 단계 발달의 완성을 이룬다. 심리학적으로 여덟은 내적인 발달의 결과로서 의식에 대한 필요성 또는 가능성에 대한 상징으로 이해할 수 있다. 또한 여덟은 일곱 단계의 완성으로서 시간과 죽음의 너머에 있는 영역으로 연결되고, 불멸의 영혼과 영원성으로 연결된다. 수학에서 무한을 상징하는 ∞(무한대 표시)는 8을 수평으로 눕힌 것이다. 그러므로 여덟은 밝고 어두운 측면에서 깨달을 수 있고, 또 깨달아야 하는 전체성을 나타낸다.66)

어린 왕자가 서 있는 지구의 사막 환경은 황량과 방기의 상징으로 생명력이 없는 삭막한 곳이다. 두 송이의 빨간 꽃이 피어 있고 사람이 지나간 흔적이 꽃을 지나 태양이 떠 있는 방향으로 그려져 있다. 빨간 꽃은 새벽, 떠오르는 태양, 열정을 나타낸다. 켈트 지방에서 꽃은 영혼, 태양, 영적 개화를 상징한다.

교역하는 상인이나 삶을 추구하는 사람이 이 사막을 지나가고 있었으나 이제는 그의 흔적만 남아 있다. 그림 18을 통해 생텍쥐페리는 자신이 처한 세계를 인간계, 삶 등으로부터 멀어진 기억인 것처럼 점·선으로 표현하였다. 이것은 그가 무의식으로부터 의식의 경계 혹은 저편 멀리 있는 불멸의 영혼으로 사라지는 방향의 표시를 암시한다.

제19장

높은 산꼭대기에 서 있는 어린 왕자

　그림 19에서 어린 왕자는 높은 산꼭대기에 올라가 있다. 그는 뒷모습만 보여 주며 늘 하던 모습대로 긴 머플러가 휘날리고 있다. 어린 왕자는 사막에서 뱀과 꽃을 만난 후 매우 가파르고 나무 한 그루 없는 높은 산 위에 올라와 있다. 어린 왕자가 올라가 있는 가파른 산은 첩첩 산처럼 보이고 색상도 없다. 동식물이나 나무와 같은 생물체가 자랄 수 없는, 마치 죽거나 메마른 암석으로 생명력을 찾아보기 어렵다. 이 생명력이 사라진 곳에서 어린 왕자는 뒷모습으로 서 있으면서 "혼자야... 혼자야... 혼자야...."라고 외치는데, 그의 외로움에 대한 절규를 들을 수 있다. 그가 "혼자야."라고 외치자, 다른 산에도 똑같은 소리가 메아리쳐 온다. 고작 다른 사람이 한 말을 따라하기만 하는 앵무새를 연상하게 한다. '나의 별에 있는 꽃은 언제나 내게 말을 걸어 주었는데....'라면서, 그는 아무도 그를 찾아오지 않고 말도 걸어주지 않는 산에서 강한 외로움을 느낀다.

　'높은 산'은 하늘 아래 신과 만나는 곳으로서 정신적으로, 영적으로 상승한 상태를 가리킨다. 계시나 전이의 의미를 지니고 있다. 성경에 따르면 모세는 산에서 하나님을 만나고 예수 또한 산에서 변화

그림 19

를 겪는다. 또한 산은 우주의 힘과 우주의 생명을 표상한다. 바위는 뼈, 시냇물은 피, 수목은 머리털, 구름은 숨에 해당한다. 모든 물의 근원이 산이기 때문에 인접한 산과 산 사이를 통과하는 것은 새로운 영적 경지로 옮겨가는 것을 나타낸다.

어린 왕자는 자신의 정면이 아닌 뒷모습을 보여 주기에, 그의 얼굴이나 표정을 전혀 볼 수 없다. 얼굴은 보통 자아를 상징한다. 뒷모습은 자기의 얼굴을 볼 수 없는 무의식적인 상태이며, 그의 위치로 보아 고양된 상태에 있다. 어린 왕자는 말을 걸고 있지만, 메아리만 대답할 뿐이다. 그는 또한 높은 곳에서 그냥 먼 곳을 응시하고 있다. 외로울 수밖에 없는, 정신적으로 메마른 상태를 보여 준다.

어린 왕자가 혼잣말로 "혼자야...."라고 중얼거리자 나타난 메아리를 앵무새(Parrot)로 설정한 것은 앵무새에 자신의 삶을 빗대어 모방, 어리석음을 표현한 것이다. 이런 생각과 동시에 그는 자신에게 말을 걸어 준 꽃을 문득 생각한다. 자신에게 말을 걸어 준 꽃에 대한 그리움, 그 꽃과 함께하지 못하는 안타까움도 함께 전하고 있다. 어린 왕자는 높은 산 위에서 혼자일 수밖에 없는 외로운 존재라는 것을 말하고 있다. 다른 한편에선 그 외로움으로부터 벗어나고 싶은 욕구도 표현한 것으로 볼 수 있다.

우리도 높은 산에 오를 때 자신이 이루지 못한 소원이나 성취 또는 장기적인 일을 계획한다. 이런 계획과 소원이 쉽게 이루어지지 않기에 외로움과 허무함도 동시에 호소할 수밖에 없다.

제20장

어린 시절을 그리워하는 어린 왕자

1) 장미꽃이 만발한 정원에 서 있는 어린 왕자

그림 20-1에서 어린 왕자는 장미꽃이 가득한 양쪽 벽 사이에 서 있다. 그의 몸은 우측을 향해 있고 시선은 좌측 아래를 바라보고 있다. 녹색 옷을 입은 어린 왕자의 노란색 머리카락과 머플러는 좌측 위쪽으로 휘날리고 있다.

그림 20-1

어린 왕자는 사막과 높은 산을 통과한다. 모래와 바위, 눈을 헤치고 난 후 그는 사람들이 사는 동네의 길을 발견한다. 그곳에는 오천 송이나 되는 활짝 핀 장미꽃이 그를 반기고 있다. 보통 물은 무의식을, 길은 의식을 상징한다. 어린 왕자는 사람이 가득한 길을 발견하고 그곳에 서 있다. 지금까지 어린 왕자가 여행을 통해 만난 것은 고작 한 송이의 꽃이었는데, 이제 그는 장미꽃이 만발한 길을 발견하고 놀라워한다.

동양에서는 연꽃(Lotus)이, 서양에서는 장미(Rose), 백합(Lily)이 여성성의 중요한 상징이다.[67] 꽃은 아름다움을 뜻하는데, 아름다움으로서 자기 지향성을 상징한다. 꽃은 완성체로 성장의 지향점이라고 볼 수 있다. 꽃의 모습은 몇 개의 조각으로 완성미를 이루는 조화를 보인다. 이러한 점 때문에 인격의 통일성과 조화에 대한 미의 표상이 된다. 그러므로 하나의 온전한 꽃은 인격의 통일성, 심리학적으로 표현하면 자기(Self)를 표현한다고 볼 수 있다.[68]

꽃 자체는 종종 감정에 대한 상징적 표현이기도 하다. 꽃은 자연이 창조한 가장 아름다운 것이기에 상대에 대한 좋은 감정의 상태를 보이기 위해 꽃(다발)을 선물한다. 동시에 꽃은 아름답기는 하나 오래 지속하지 못하기 때문에 모든 인생과 자연과 영화의 덧없음을 상징하기도 한다(이사야 40:6-8). 그래서 꽃은 사랑의 증표 또는 명예로운 성취의 축하, 결혼과 관계되는 기념식을 위하여 사용된다. 동시에 죽은 자에게 부여하는 마지막 선물로도 사용되고 있다. 꽃은 남성에게 생명의 신비, 심장부에 속한다.

　　이 그림에서 어린 왕자는 정원에 있는 오천 송이나 되는 장미꽃을 늘 한 송이로만 남아 있는 자신의 꽃과 비교한다. 어린 왕자는 '나는 이 세상에서 단 하나밖에 없는 소중한 꽃을 가지고 있다고 자랑스러워했지. 그런데 알고 보니, 나는 평범한 장미꽃을 하나 가지고 있던 거야. 내 꽃이 이것을 보면 꽤 화가 날 거야. 창피한 꼴을 보여주지 않으려고 기침을 대단하게 해대고 죽는시늉을 하겠지. 그러면 난 돌봐 주는 척을 해야 할 거야.'라고, 또한 '하나밖에 없는 꽃인 줄 알고 부자인 척했군. 보통 흔한 꽃인데, 내가 가지고 있는 것은, 흔한 장미꽃 하나와 나의 무릎 높이밖에 안 되는 세 개의 화산. 게다가 그중 하나의 화산은 언제까지 불을 뿜지 않을지도 모르는 화산이야…. 그 꽃과 화산을 가진 것만으로는 난 훌륭한 왕자라고 할 수 없어….'라고 중얼거렸다.

　　녹색 옷을 입은 어린 왕자의 몸은 우측을 향해 있지만 얼굴은 좌측을 바라보고 있다. 그의 노란색 머리카락과 머플러는 좌측 위쪽으로 휘날리고 있다. 이렇듯 그의 몸은 의식 방향으로 움직이려 하지만, 시선이나 머리카락, 머플러가 모두 좌측을 향하고 있는 것은 그의 무의식 세계가 여전히 그를 잡고 있음을 보여 준다.

　　어린 왕자의 두 발은 문턱을 사이에 놓고 서로 떨어져 있다. 한 발은 꽃 정원에, 다른 한 발은 뒷배경에 붙어 있다. 그러므로 일종의 의식과 무의식의 경계 선상에 있다고 볼 수 있다. 개인의 성장을 위해서는 의식과 무의식의 경계 선상에 서서 자신의 내면을 아는 작업이 필요하다. 자신의 내면을 잘 알아야 심리적 성장이 일어난다. 어린 왕자는 오천 송이의 장미 앞에서 감격하고 있지만, 자신의 손조차 보여주지 않는 것은 그가 아무것도 할 수 없는 상태이거나 의식과의 접촉하려는 노력과 의지가 빈약한 것이다. 그는 작은 세 개의 화산과 장미 한 개를 지닌 자신과 지구라는 큰 별을 비교한다. 그는 왜소한 자아를 알아차린 듯 대지 위에 엎드려 엉엉 울고 만다.

2) 대지에 엎으려 울고 있는 어린 왕자

그림 20-2에서 어린 왕자는 갈색 옷을 입고 대지에 엎드려 오른손을 입에 대고 마치 어린아이처럼 두 발을 흔들면서 꽃을 바라보고 있다. 그가 누워 있는 대지에 핀 꽃은 빨간색과 녹색 줄기로 채색되어 있다.

어린 왕자는 풀 위에 엎드려 엉엉 울었다. 대지같이 포근한 곳에서 아마도 모성, 혹은 모국(프랑스)에 대한 향수 속에 빠져나온 감정의 폭발이었을 것이다. 어린 왕자의 이런 모습은 아이가 어머니의 배 위에서 아장아장 놀고 있는 것처럼 유아기의 동경을 연상시킨다. 사람은 자연을 그릴 때 자신도 모르게 모성적 특성을 삽입하는 경향이 있다.

인간은 자연으로부터 동떨어졌을 때 향수병에 걸린다고 한다. 예를 들면 도시를 고향으로 한 사람에 비해 농촌이나 산촌 출신 사람들이 자연을 쉽게 느낄 수 있는 고향을 더 그리워한다. 자연의 색채인 녹색은 친근함과 안정감을 주기 때문일 것이다.

　이 그림에서 꽃은 만발하고 있으나, 꽃잎을 그리지 않은 것을 보면 그의 정신 상태는 여전히 조화와 균형이 부족한 불안한 상태라고 볼 수 있다. 어린 왕자 몸의 방향은 우측이나 얼굴은 좌측 아래 무의식의 방향을 바라보고 있다. 이는 생텍쥐페리가 미국에서 『어린 왕자』를 집필하던 중 인간과 세상에 대한 깊은 회의를 느꼈기 때문이다. 동시에 어린 시절을 동경하고 모성과 모국에 대한 그리움에 빠진 것으로 보인다.

그림 20-2

제21장

여우를 만난 어린 왕자

1) 여우를 만난 어린 왕자

그림 21-1에서 어린 왕자는 골짜기 사이에 있는 초원에 서서 꼬리가 직각으로 솟은 여우를 만나고 있다. 노란색으로 칠한 그의 머리카락은 날카롭고 얼굴에는 매서운 눈썹이 나타나 있다. 그의 목에 두른 머플러는 연두색으로 지금까지 그림 중에서 가장 길며, 우측 위로 날리고 있다. 본문에 따르면 어린 왕자는 그가 울고 있을 때 사과나무 아래에서 여우를 만났다고 한다.

어린 왕자는 여우에게 말을 건다. 그는 여우에게 자신은 혼자여서 쓸쓸하니 함께 놀아 달라고 제안한다. 그러자 여우는 자신은 어린 왕자와 놀 수가 없다고 한다. 그 이유는 여우 자신이 길들여지지 않았기 때문이라고 말한다. 여우는 어린 왕자에게 친구가 된다는 것에 대하여 길게 이야기한다. 여우에 따르면 '길들여진다'는 것은 시간과 인내가 필요한데, 그렇게 해야만 서로 가깝게 지낼 수 있고 서로에 대하여 특별한 존재가 된다. 예를 들면 수천 마리의 여우와 수만 송이의 장미꽃이 있어도 그런 것은 단지 불특정 다수의 존재일 뿐,

자신과는 아무런 관계를 맺지 못한 것이다. 그러나 서로에게 길들여
지도록 노력하면 한 마리 여우 혹은 한 송이 장미꽃은 소중한 존재
가 되고 서로에게 책임을 갖게 된다고 여우는 가르쳐 준다. 서로 길
들여지기 위해 노력해야 하는데, 그 노력에는 인연을 맺는 일 즉, 서
로 관계를 맺고 접촉하면서 서로를 잘 알아가야 한다고 말한다.

　여우는 어린 왕자에게 서로에게 길들여지는 것, 다시 말해 서로에
게 특별한 존재가 되는 비밀이 있다고 한다. 그것은 마음으로 보아
야 서로에 대하여 잘 알 수 있게 되며, 가장 중요한 것은 눈에 보이
지 않는다는 것이다.

그림 21-1

이 그림에서 나오는 여우는 앞서 나온 보아 뱀에게 감겨 있던 동물(그림 1-1)과 비슷하게 보인다. 그림 1-1에서 보아 뱀에 묶인 동물의 꼬리는 힘없이 땅에 늘어져 있고, 색상도 마치 병들어 죽어 가거나 힘을 잃은 듯 한 차가운 보라색이다. 그러나 그림 21-1의 여우 꼬리는 위로 강하게 솟아 있고 생명력 있는 감각적 느낌의 갈색으로 변하였다. 여기에서 여우 귀와 꼬리를 특별히 길고 힘 있게 그린 것은 듣는 것에 대한 강조라고 볼 수 있다. 즉 어린 왕자가 6살 때 알아차리지 못했던 것을 여우의 말을 듣고 이해해야 한다는 의식화의 강조라고 볼 수 있다. 흔히 민담이나 민속신앙에서 동물은 사람보다 앞으로 일어날 일을 먼저 알아차린다. 심리학적으로는 의식의 자아보다 먼저 아는 본능의 힘을 상징적으로 표현한 것이다. 특히 그림 21-1은 이전보다 변화된 모습이 드러난다. 이를테면 어린 왕자의 손가락이 모두 그려졌고, 머플러 색상은 노란색에서 연두색으로 바뀌었다. 전에는 머플러가 좌측으로 날리는데(그림 20-1 참조) 여기에선 머플러 매우 길게 우측으로 날리고 있다. 연두색은 초록 식물에서 찾을 수 있는 성장, 봄이 연상되는 생명이 시작하는 색이다. 즉 의식으로의 전진이나 희망찬 움직임의 에너지를 표현한 것이다. 장미가 지상으로 뻗어 있어 어린 왕자와 꽃이 서로 밀접하게 교감하고 있다. 이것은 어린 왕자가 여우를 통해 장미와 길들여질 수 있음을 표현한다. 『어린 왕자』에 나타난 그림의 얼굴 대부분은 눈썹이 없지만, 이 장에서는 그의 얼굴에 눈썹을 강조하고 있어 무엇인가 감정적 동요가 일어나고 있음을 알 수 있다.

2) 어린 왕자가 만날 수 없는 사냥꾼

그림 21-2에는 두 개의 노란색 나무 사이에서 한 자루 총을 메고 차렷 자세를 한 사냥꾼이 서 있다. 사냥꾼은 긴장한 얼굴과 경직된 자세로 우측을 바라보고 있다. 사냥꾼은 무의식인 숲에 들어가 동물과 가까운 관계를 맺으며 살아가는 사람이다. 또한 사냥꾼은 동물을 죽이기도 하고 어려움에 처했을 때는 도와주기도 하는 이중적 역할을 하고 있다.

이렇게 씩씩하고 힘 있는 사냥꾼을 그렸지만, 어린 왕자는 사냥꾼이나 닭도 발견할 수 없다고 여우에게 말한다. 이 그림에서 사냥꾼의 자세와 얼굴은 우측 방향이며 매우 경직된 모습이다. 경계 태세를 취하고 있지만 동물을 잘 다루거나 조절하는 사냥꾼의 모습은 아니다. 마찬가지로 닭 역시 없다는 것은 아침을 깨우는 동물로서 깨어남(의식화)을 상징하는 닭이 없음을 의미한다. 즉 그런 깨어남 역시 어린 왕자에게는 존재하지 않는다는 것을 암시하고 있다.

그림 21-2

3) 동굴 밖으로 나오는 여우

그림 21-3은 귀가 긴 여우가 세상을 향해 동굴 밖으로 나오는 것 같은 그림이다. 그가 나오려는 동굴 위에는 큰 사과나무가 서 있다. 동굴 위에는 6개의 능선이 보이고 앞에는 많은 꽃이 건강하게 자라서 생동감을 느끼게 한다.

여우가 현재 나오려는 곳은 동굴(Cave)이다. 동굴은 세계의 중심, 심장, 자기(Self)와 자아(Ego)가 합일되는 곳이고, 밀교적 지식을 감춘 곳, 숨겨진 것, 이니시에이션(Initiation)과 제2의 탄생이 이루어지는 장소이다.69) 또한 동굴은 어머니인 대지의 자궁을 상징할 수 있으며, 그 속에서 변환과 재생이 일어나는 신비한 곳이다. 영혼을 치유하는 성스러운 장소이기도 하다.70) 자궁은 여성의 몸 중심부에 자리하며, 생명 잉태의 핵심이라는 점에서 인간 생명의 원형상을 간직하고 있다. 또한 여성에게 여성의 정체성을 상징하는 중요한 신체 기관이다. 또한 삶의 시작과 끝-탄생과 죽음을 동시에 상징한다. 여우는 이제 어두운 곳(무의식)에서 밝은 곳(의식), 곧 동굴 밖으로 나오려고 하고 있다. 생텍쥐페리는 모성적인(6살 때의 억압, 통제) 영역에서 탈출을 시도하려는 마음을 바로 이 동굴 밖으로 나가는 여우로 표현하고 있다.

동굴 위의 나무에는 나뭇잎이 우거져 있다. 열매가 없는 나무이고 몸통과 연결되지 않았다. 나뭇잎의 잔가지가 전혀 보이지 않는다. 몸통에는 뱀 모양의 흔적도 보인다. 몸통이 굵게 자라 있으나 열매를 맺을 수 없다. 나무의 맨 아랫부분은 정상인데 아래서 약간 올라

그림 21-3

온 곳에서부터 반 정도에 이르기까지 깊은 상처가 있다. 몸통은 크게 보이지만 어린 시절부터 큰 상처를 안고 살아간 것을 유추할 수 있다. 줄기(기둥)와 잎(수관)이 분리된 상황으로 줄기에서 양분을 받지 못한다. 이는 심리적 상처로 인해 자라지 못한 그의 어린 시절을 표현한다. 사과나무를 그렸지만, 그가 그린 사과나무는 빨간색의 사과 열매 대신 아직도 푸른색으로 칠해져 있다. 이것은 어린 시절에 머물러 있는 미성숙한 상태를 말해 준다.

여우가 나오려고 하는 바깥 세계는 연두색 배경과 온갖 꽃으로 만발해 있다. 이 꽃은 그림 20-2에서 보이는 꽃보다 키가 자랐으며 바람에 흔들거리는 생명력 넘치는 모습이다. 여우가 나가려는 바깥세상은 이 꽃의 모습처럼 밝고, 희망이 가득한 곳이다. 생텍쥐페리는 동굴(눌려 있는 어머니)로부터 벗어나 그런 세상을 향해 꿈틀거리고 있다.

제22장

철도역의 전철원

철도역에서 일하는 전철원은 한 칸마다 1,000명을 태운 기차를 위해 신호를 표시하고 손님을 안내하는 일을 하며 살아간다.

기차는 철도 위를 벗어날 수 없다. 시간을 정확하게 맞추어 많은 사람을 동시에 태우고 운반한다. 기차와 전철원은 바로 인간의 삶을 빗대어 비유한 것이다. 기차는 레일 위를 달리는 것으로서 집단적인 삶이자 정확한 시간에 맞추어 달려야 하므로 규칙적인 삶의 태도라고 볼 수 있다. 또 목적지가 이미 정해져 있으므로 자유롭지 못하다. 그런데 이 장에서 기차는 목적지가 없다. 현대인의 삶은 마치 기차를 타고 가는 것 같이 목적지조차 모르고 그저 시간에 맞추어서 살아갈 뿐이다. 집단적인 상태에 머물고 있는 많은 삶이 그러하다. 더욱이 1942년 전 세계는 제2차 세계대전 중이었다. 누군가를 쫓아가는 것 같지만 누가 적군인지 아군인지 알 수 없다. 그저 목적 없이 살아가는 군중만이 있었다. 기차 속에서 하품하거나 졸거나 지루한 무의식적인 시간을 보내는 상태의 군중적인 측면을 기차와 전철원으로 비유한 것이다.

약장수

한 약장수가 갈증을 풀어 주는 알약을 판매한다고 하는데, 이 약한 알만 먹으면 일주일 동안 물을 마시지 않아도 된다고 한다. 이 약의 장점은 한 알만 섭취하면 일주일 동안 물 마시는 시간 53분을 절약할 수 있는 것이다. 어린 왕자는 그 절약하는 시간에 샘물을 찾아서 그냥 걸어갈 것이라고 말한다.

그림 23

그림 23을 자세히 보면 가운데에 샘물이 나오는 장치를 설치하였다. 물이 나오는 꼭지는 직사각형 틀 안에 있는 반타원형 속에 들어 있다. 수도꼭지가 있는 벽에는 나무가 자라고 있는데 시들어 있다. 이와 정반대로 나무 한 그루는 벽 뒤쪽 중앙에 있는데, 양쪽으로 뻗은 가지가 대칭을 이루고 있다. 그림 전체가 무채색으로 되어 있어서 어둡고 생명력이 없어 보인다. 또한 오래전에 만들어 사용하지 않은 것처럼 낡은 느낌이 들기도 한다. 그러나 수도꼭지에서 흘러나오는 물이 조금씩 나무를 적시고 있어 그나마 생명을 겨우 유지하고 있다.

이 그림은 어린 왕자가 샘물을 찾으러 가는 내용을 담고 있다. 물은 생명을 회복하게 한다. 샘물은 어린이가 모성의 샘을 찾는 근원적 의존과 연결되며, 젖을 먹이고 포용력 있게 어린이를 돌보는 것과 결부된다. 샘은 어린 시절에 겪은 원초적 경험을 기억하게 하지만 인생의 모든 과정에서 일어나는 새로운 활기와 도약에 대한 경험 가능성도 상기시킨다. 나아가 자연 발생적인 활력과 영감에 대한 미지의 경험을 제시한다. 이 그림에 나타난 샘은 예측할 수 없는 희망과 새로운 힘, 즉 꿈으로든지, 스스로 발견한 것이든지, 사막에서 실제로 경험한 것이든지 간에 인간에게 항상 의미를 주는 근원적 요소를 내포하고 있다.71) 이 그림은, 물이 생명의 근원이듯이, 생명을 찾으려는 어린 왕자의 마음을 담고자 한 것이다. 여러 그루 나무를 그리고 있는 것 역시 마찬가지의 맥락에서 이해할 수 있다.

  생텍쥐페리는 벽 앞뒤에 건강한 나무 한 그루와 여러 그루 시든
나무를 대조적으로 그리고 있다. 나무들은 벽을 경계선으로 앞쪽과
뒤쪽으로 안쪽에 붙어 있다. 앞쪽의 나무는 제대로 성장하지 못하여
시들시들하다. 그러나 뒤쪽에 있는 한 그루 나무는 비교적 조화롭게
자란 나무로 보인다. 나무는 여러 차원의 현실을 연결하는 세계의
축이고 변화하며 확장되어 가는 존재를 나타내는 자기의 상징이다.
나무, 근원적 요소를 내포하고 있는 샘물을 찾아 심층의 자기 원형
을 찾아야 하는 목적적 그림으로 볼 수 있다.

제24장

우물을 찾아가는 어린 왕자

사막 한가운데에서 비행기가 고장 난 지 8일째 되는 날, 생텍쥐페리는 물이 떨어져 극도의 갈증을 느낀다. 그는 어린 왕자와 대화를 하면서 우물을 찾아 걷기 시작한다. 어린 왕자는 마음속에 있는 여우 이야기를 하면서 사막이라도 함께 걸을 친구가 있다는 것이 다행이라고 말한다. 비록 사막이어서 쉽게 물을 찾을 수 없지만, 마음속에 물을 지니고 있는 것만으로 행복하다고 말한다. 자신이 어릴 적 살았던 오래된 집에 보물이 있다는 이야기는, 비록 아무도 보물을 실제로 본 적이 없어도, 단지 그 말만으로도 집을 아름답게 만드는 것과 같은 이치이다. 왜냐하면 모든 사물을 아름답게 만드는 것은 눈에 보이지 않기 때문이다. 지금 물이 없어서 목이 마르지만, 사막에서 샘물을 찾는 일만으로도 아름다운 일이라고 어린 왕자는 말한다.

새벽녘이 되어 생텍쥐페리와 어린 왕자는 깊은 산속 절벽 위에 있는 우물을 드디어 발견한다. 새벽은 해가 뜨고 밝아지는 의식성의 시간이라고 볼 수 있다.

제25장

우물에서 물을 퍼내는 어린 왕자

그림 25에서 어린 왕자는 드디어 우물을 발견한다. 그림에서 그는 노란색과 주황색으로 칠한 절벽 끝 우물가에서 녹색의 옷을 입고 물을 푸기 위해 몸을 굽혀 오른손으로 도르래 줄을 잡아당기고 있다. 어린 왕자의 머플러는 우측으로 날리고 있다. 그 끝은 멀리 있는 두 그루의 야자수 나무와 붙어 있고, 얼굴은 좌측 아래를 향하고 있다. 어린 왕자가 우물에서 물을 퍼 올리는 모티브는 무의식으로부터 생명수를 퍼 올리는 것이다.

심리적으로 우리 마음에 물이 없어져서 사막과 같은 상태가 된다면, 그곳은 생명이 말라 있는 상태가 될 것이다. 고독하고 고통스러운 장소이다. 그러나 그곳은 깊은 우리의 고행이 필요한 장소이기도 하다. 인생에 고난이 찾아오면 그것은 우리를 내향화로 인도한다.

깊은 숲속 절벽 끝 우물에 있는 어린 왕자는 그림 3-2에서 본 넥타이를 한 어린 왕자보다 훨씬 성장하였다. 짙은 녹색 옷을 입고 두레박의 도르래 줄을 오른손으로 잡아당기고 있다. 깊은 숲속에서 오

그림 25

른손으로 물을 퍼 올리는 상황으로 볼 수 있다. 어린 왕자가 입은 옷의 짙은 녹색은 식물이 썩을 때나 금속이 산화되어 녹슬 때 변하는 색이다. 독을 가진 뱀의 색상도 녹색이다. 민담에 흔히 등장하는 녹색의 깊은 숲은 위험한 장소를 대변하다. 이러한 녹색을 입고 있는 어린 왕자가 절벽 끝에 서 있다. 절벽은 더는 갈 수 없는 막다른 곳, 밑으로 떨어질 수밖에 없는 위급하거나 절박한 상황을 나타내는 장소이다.

절벽이 있는 숲속의 장소가 전체적으로 주황색이다. 빨간색과 노란색의 혼합인 주황색은 노란색의 빛을 발하는 힘과 빨간색의 생명 에너지와 따뜻함의 특성을 결합한 것이다. 빨간색의 결합으로 주황색은 불타오르고, 생기 있고, 기쁨에 넘치고, 흥분하게 하지만, 한편으로 짜증 나게 할 수도 있다. 주황색에 대한 인간의 기본적인 경험은 불꽃이다. 주황색은 따스함의 특성을 갖지만 동시에 주목과 주의를 일깨우는 신호가 되기도 한다. 그래서 전 세계적으로 운전자에게 신호가 곧 바뀔 것을 알리는 교통신호로 받아들여 이용한다.

어린 왕자는 지구에 내려온 지 1년이 되어서 이제 비행기가 있는 곳으로 가야 한다고 한다. 어린 왕자의 머리카락, 머플러, 그리고 절벽 색상은 거의 주황색이 주를 이루고 있다. 주황색은 통찰과 이해와 사고로 조정된 기질을 나타낸다. 지금 상황에서는 주의를 일깨우는 신호로 볼 수 있다. 그러므로 그는 물을 퍼 올려야만 하는 위급한 상황이다. 머플러는 우측으로 멀리 있는 두 그루의 야자수 나무 가까이 날리고 있다. 머플러의 끝에서 만나는 야자수 같은 나무는 전체의 중심인 자기 원형상이다. 두 그루의 야자수 나무는 멀리 보이는 언덕 두 선상에 걸쳐 휘어 있고, 갇혀 있는 듯 성장하지 못하고 약한 상태로 보인다. 그림 3-1에서의 어린 왕자는 무채색으로 그려졌고, 절벽 위에서 아래를 내려다보고 있다. 반면 25장에서는 색상이 출현했고, 어린 왕자는 도르래 줄을 이용하여 물을 퍼 올리는 혼신의 노력을 하고 있다. 그러나 우물 위치가 매우 높은 절벽 위에 있다. 고독하고 고통스러운 심리적 장소인 절벽에서 생텍쥐페리는 그야말로 내면의 물을 찾고 있다.

제26장

세상을 넘어서는 어린 왕자

1) 높은 돌담 위에서 뱀을 응시하고 있는 어린 왕자

그림 26-1을 보면 어린 왕자가 우물 옆의 한쪽이 허물어진 높은 돌담 위에 앉아서 똬리를 틀고 머리를 위로 곧게 뻗은 노란색 뱀을 응시하고 있다. 어린 왕자가 앉아 있는 높은 돌담 좌측 아래에는 상대적으로 아주 작은 한 그루의 야자수가 있다. 어린 왕자의 노란 머리카락은 날카롭고 눈썹도 보이지만, 그의 오른손은 보이지 않는다.

어린 왕자는 노란색 뱀의 공격을 받는 듯하다. 뱀이 어린 왕자를 죽음의 땅으로 안내하는 것 같다. 돌담 좌측 아래에 한 그루의 작은 야자수가 있는 것으로 보아, 돌담의 높이는 상당히 높고 어린 왕자는 매우 높은 곳에 올라가 앉아 있는 것으로 보인다. 돌담에 앉아 있는 어린 왕자는 좌측을 응시하고 있다.

어린 왕자는 똬리를 튼 노란색 뱀에게 뱀이 가진 독에 관해 물어본다. 인간에게 득이 되는 긍정적인 흰 뱀이 있는가 하면, 해가 되는 부정적인 검은 뱀도 있다. 이 노란색 뱀이 뿜은 독에 어린 왕자는 서서히 숨을 거두게 된다.

그림 26-1

　이 노란색 뱀은 30초 만에 사람을 죽일 수 있는 맹독을 가졌다.
뱀은 어린 왕자의 발뒤꿈치를 문 다음, 모래 속으로 스르륵 쉿소리
를 내며 여유 있게 돌 틈 사이로 자취를 감추어 버렸다.

　『어린 왕자』 내용에 따르면 노란색 뱀과 만났던 그 자리에서 어린
왕자는 자신의 별로 돌아가야 한다고, 하지만 그의 몸이 너무 무거워
자신의 별에 돌아갈 수 없다고 한다. 어린 왕자는 노란색 뱀에 물려
심장에 총을 맞은 것처럼, 숨이 끊어져 가는 새의 심장처럼 팔딱인다.
생텍쥐페리는 갓난아기를 안듯이 어린 왕자를 꼭 껴안았다. 어린 왕

자가 깊은 연못으로 자꾸만 빠져들어 가는 것 같다고 하였다.

그림에는 노란색 뱀과 노란색 머리와 노란색 머플러가 등장한다. 노란색은 매일 새로워지고 젊어지는 이미지를 갖고 있다. 노란색은 매일 잠에서 깨어나 새롭게 부활하는 인간 의식을 보편적으로 상징한다. 그러나 밤이 되면 달과 별 또한 우리에게 노란색으로 나타난다. 우주 행성인 태양, 달, 별에 대한 원형적인 경험이 노란색을 빛과 의식성에 연결시킨다. 반대로 너무 많은 빛은 사막에서의 태양과 같이 모든 것을 파괴하고, 건조하게 만들 수 있다. 또한 노란색은 태양과 같은 금으로 연상되며 항상 변치 않는다는 의미도 있다. 이에 여러 문화권에서 역설적이게도 영원한 내면의 정신적 중심을 나타내는 상징이 되었다. 노란색은 빛을 되찾는 색으로 이해되기도 하지만, 생명을 파괴하는 의식성으로 이해되기도 한다.72)

이 그림은 어린 왕자의 머리카락을 날카롭게 그리며 눈썹 또한 그리고 있다. 그런데 오른손은 보이지 않는다. 눈썹은 무엇인가를 예민하게 생각하고 표현하는 등 인간의 감정을 나타내고 있다. 어린 왕자가 나타난 그림에서 대체로 눈썹은 나타나지 않고 있다. 그러나 그가 꽃이나 동물을 보고 있을 때는 얼굴에 눈썹이 나타난다. 이것은 어린 왕자가 꽃이나 동물과 가까운 존재임을 말해 준다.

돌담에 앉아 있는 어린 왕자의 몸은 좌측을 향해 있다. 좌측은 보통 무의식의 방향 또는 초월적인 영역을 암시한다. 생텍쥐페리는 여기까지 어린 왕자와 함께 여행하고 모험했다. 어린 왕자는 여전히 성장하지 못한 어린이로서, 미래를 꿈꾸었으나 더는 나아가지 못하고 멈춰버린 상태라고 할 수 있다.

2) 사막 깊은 곳으로 떠나는 어린 왕자

『어린 왕자』의 본문에 의하면 생텍쥐페리는 어린 왕자가 뱀의 독을 얻은 그날 밤, 그가 떠나는 것을 전혀 인식하지 못했다. 그는 발소리 하나 내지 않고 모습을 감추었다. 뒤를 쫓아가 다행히 어린 왕자를 찾았을 때, 그는 이미 결심을 굳힌 듯, 빠른 걸음으로 걷고 있었다.

그림 26-2의 어린 왕자 모습에선 모든 색상이 사라지고 그의 머리는 매우 진한 선으로 그려져 있다. 정신적 영역을 강조한 것이다. 그

그림 26-2

는 두 손을 가지런히 모으고 깊은 사막 속으로 고독하고 사색에 잠긴 채 무덤덤하게 걸어가고 있다. 사막의 선은 4개이다. 어린 왕자는 마지막 아래에 있는 선에 발을 딛고 아래쪽으로 걸어가고 있다. 신발도 신지 않고 마치 죄수가 수갑이 채워진 채 걷듯이 미지의 세계로 들어가고 있다.

3) 별이 빛나는 밤, 사막에 앉아 있는 어린 왕자

그림 26-3에서 어린 왕자는 두 개 검은 선으로 그린 사막에 두 다리를 꼬고 앉아 있다. 그림의 전체적인 분위기는 무채색이어서 우울하다. 우측 위에는 별 하나가 반짝이고 그 아래에는 잎이 없는 꽃이 한 송이가 그려져 있다. 몸은 우측의 방향이지만, 그의 얼굴은 좌측 아래를 응시하고 있다. 그의 오른손과 머플러의 방향도 좌측을 향하고 있다. 그는 자신의 오른손을 펼쳐 좌측 아래 방향을 가리키고 있다.

그림 26-3

어린 왕자가 가리키는 장소는 다양하다. 절벽에 서서 아래를 바라보는 방향(3장), 뜨거운 사막에 도착해서 바라보는 방향(15장), 뱀이 나타나서 기어가는 방향(17장), 사막에 상인이 지나간 흔적의 방향(18장), 대지 위에서 울고 있는 어린 왕자의 얼굴 방향(20장), 어린 왕자가 도르래를 퍼 올릴 때 바라보는 방향(25장) 등 모두 좌측을 쳐다보거나 가리키고 있다. 좌측은 무의식과 퇴행의 방향이다. 우측에 꽃이 피어 있으나 꽃을 보지 않고 무의식을 보는 그의 자세는 매우 편안하다.

4) 쓰러지는 어린 왕자

그림 26-4에서 생텍쥐페리는 6년 전의 일을 아무에게도 말한 일이 없다고 한다. 친구들은 그가 살아 있다는 것을 매우 기뻐했지만, 그는 슬픔에 젖어 친구들에게 "너무나 피로해...."라고 하였다.

생텍쥐페리는 어린 왕자가 자기의 별에 돌아갔다는 사실을 분명히 알았다고 한다. 별이 밝게 빛나던 그날 밤, 어린 왕자의 몸은 어디에서도 찾아볼 수 없었다. 이것은 실제 그가 죽음을 맞이한 방식과 유사하다.

그림은 두 개 선으로 된 사막에서 어린 왕자 뒷모습을 보여 준다. 별을 마주 보면서 그는 두 손으로 얼굴을 가리고 두 발을 들고 있다. 몸은 뒤로 젖혀져 있다. 두 발은 몸의 중심을 잡아 주는데, 그의 두 발은 떠 있어서 불안하다. 그가 보고 있는 별과 입은 옷은 모두 노란색이다. 노란색은 빛을 되찾아 승리를 거두는 색이지만, 그 빛에 취

그림 26-4

해 공상적 흥분과 흥미가 나타나기도 한다. 빨간색보다 더 흥분되어 생명을 파괴하는 의식성으로 이해되기도 한다.[73] 특이한 것은 지금까지 어린 왕자가 두르고 있던 머플러가 나타나지 않는다는 점이다. 바람의 방향을 알 수 없다. 이는 그의 지성과 감정, 의식과 무의식, 정신적인 것과 본능적인 것이 통합된 것으로 볼 수도, 아니면 더는 아무것도 필요하지 않은, 모든 작용이 멈추어 버린 것으로 볼 수도 있겠다.

어린 왕자가 사라지다!

그림 27

그림 27장은 『어린 왕자』의 마지막 그림인데, 너무도 단순하다. 단지 두 개의 선으로 표현한 사막 위에 별 하나만 떠 있다. 지금까지 『어린 왕자』에 나타난 그림 배경에는 여러 개의 별이 나왔지만, 마지막 그림에서는 단지 별 한 개만 떠 있을 뿐이다. 그런데 어린 왕자가 보이지 않는다. 이 그림은 모두 무채색으로서 흰색・검은색・회색처럼 명도(明度)의 차이는 있으나 색상과 채도가 없다. 채도(彩度)는 빛깔의 진한 정도를 뜻하지만, 감정에 울림을 주지 않는다. 색이 없다는 것은 생명이 없다는 것이다. 두 개의 선으로 모래 언덕과 별만 그린 것으로서 생명이 사라진 그림이다.

『어린 왕자』에 나오는 첫 번째 그림(머릿그림), 어린 왕자가 새의 밧줄을 잡고 떠나는 그림에는 색상이 풍부하다. 그의 마지막 그림은 두 개의 선과 한 개의 별로 고요와 적막이 흐른다. 어린 왕자가 처음 새의 밧줄과 함께 원하는 별로 날아가는 방향은 좌측 위에 있는 갈색의 지구(별)였으나, 마지막 그림의 별은 무채색이며 우측에 떠 있다.

『어린 왕자』 책에 나오는 거의 모든 그림에서 어린 왕자의 머리는 노란색이다. 우리는 죽을 때 빛을 찾아가거나 길을 떠난다고 말한다. 생텍쥐페리의 삶은 사막의 태양처럼 모든 것이 파괴되었고 건조하다. 항상 새로운 빛을 찾거나 길을 찾기 위한 시도를 그리기도 한다. 이러한 모든 것이 마지막 27장에선 사라진다. 한 개의 별과 두 개의 선 만 남은 것이다. 선은 소재인 동시에 주제이다. 마지막 장에서의 선은 덧없음, 침강되고 맥박이 사라지는 느낌을 준다. 어린 왕자는 사라지고 별만 남은 것은 그가 별의 세상, 즉 무의식의 세계로 돌아간 것이기도 한다.

어린이는 전체성을 지향하는 가능성의 상징이다. 생텍쥐페리의 모험은 내면의 어린 왕자(자기, Self)와 함께 한 여행이라고 볼 수 있다. 자아와 자기의 개념에서 자아는 의식의 중심이지만, 자기는 의식과 무의식을 포함한 전체 정신의 중심이다. 무의식에는 전체가 되는 원동력이 있어, 전체가 되도록 자극한다. 이것이 바로 자기의 기능이다. 의식과 무의식은 대립하는 것이 아니라 서로 보충하며 인격의 통합에 이르는 전 생애의 과정이다. 그러나 생텍쥐페리는 내면의 어린 왕자(무의식에 존재하는 근원적 기능성)의 가능성을 의식에 받아들여 깨닫지 못하고 어느 날 놓치고 만 것이다.

생텍쥐페리가 직접 그린 『어린 왕자』의 그림에는 글과 마찬가지로 그의 내면의 심리적 내용이 표현되어 있다. 그는 글뿐 아니라 개인적인 편지, 일기, 낙서 속에 수많은 그림을 남겼다. 그림 속에 이미지는 그린 사람 마음속에 있는 심상이 상징적으로 표현한다. 그림 속의 심상과 정신 및 감정은 색, 선, 크기, 방향, 공간 등을 통하여 드러나고, 형태를 통하여 확실한 모습으로 구체화된다. 말로 표현할 수 없는 감정, 욕구, 소망, 사고, 갈등, 경험을 표현하며 의식이 지향해야 하는 방향성을 드러내기도 한다. 『어린 왕자』는 미국에서 출판업자가 생텍쥐페리에게 권고하여 크리스마스 아동용 도서로 만든 책으로, 그가 죽기 1년 전인 1943년 처음 출판되었다. 그는 비행사, 항공 영웅, 행동하는 작가로 이름을 남겼으며, 자신의 정신적 갈등, 고뇌, 환상 그리고 무의식으로부터 온 편지를 그림으로 표현하였다.

유로(euro)화가 통용되기 전 프랑스에서 사용하던
화폐 안의 생텍쥐페리와 어린 왕자

18세 때 어머니에게 보낸 편지에 어머니를 그린 그림

| 참고문헌 |

권석만 (2013). 『현대 이상심리학』. 서울: 학지사.

김화영 (2014). 『어린 왕자를 찾아서』. 서울: 문학동네.

동서문화사 편 (1999). 『세계대백과 사전』. 서울: 동서문화사.

문국진 (2002). 『명화와 의학의 만남』. 서울: 예담.

박 신·김계희 (2015). 『부성 콤플렉스』. 서울: 학지사.

박종수 (2005). 『분석심리학에 기초한 이야기 심리치료』. 서울: 학지사.

이나미 (2010). 『융, 호랑이 탄 한국인과 놀다』. 서울: 민음사.

이무석 (2010). 『30년만의 휴식』. 서울: 비전과 리더십.

이무석 (2004). 『정신분석에로의 초대』. 서울: 이유.

이부영 (2003). 『아니마와 아니무스』. 서울: 한길사.

이부영 (2011). 『한국 민담의 심층 분석』. 서울: 집문당.

이부영 (2012a). 『분석심리학』. 서울: 일조각.

이부영 (2012b). 『한국의 샤머니즘과 분석심리학』. 서울: 한길사.

이부영 (2014a). 『그림자』. 서울: 한길사.

이부영 (2014b). 『자기와 자기실현』. 서울: 한길사.

이유경 (2004). 『원형과 신화』. 서울: 이끌리오.

이윤기 (2001). 『그리스 로마 신화 1』. 서울: 웅진닷컴.

이윤기 (2005). 『그리스 로마 신화 2』. 서울: 웅진지식하우스.

정연종 (1996). 『한글은 단군이 만들었다』. 서울: 죠이정 인턴내셔날.

조용진 (2001). 『서양화 읽는 법』. 서울: 사계절.

조용진 (2001). 『우리 몸과 미술』. 서울: 사계절.

차복현 (2007). 『어린 왕자의 인생수업』. 서울: 스타북스.

Abt, Theodor (2010). 『융 심리학적 그림 해석』 (이유경 역). 서울: 분석심리학 연구소.

Ackroyd, Eric (1997). 『꿈 상징사전』 (김병준 역). 서울: 한국심리치료연구소.

Birkhäuser-Oeri, Sibylle (2007). 『민담의 모성상』 (이유경 역). 서울: 분석심리학 연구소.

Boa, Fraser (2007). 『융학파의 꿈의 해석』 (박현순·이창익 역). 서울: 학지사.

Campbell, Joseph (1999). 『신화의 힘』 (이윤기 역). 서울: 고려원.

Chevalier, Jean & Gheerbrant, Alain (1996). *Dictionary of Symbols* (tr. by John Buchanan-Brown). Paris: Penguin Reference.

Cooper, J. C. (2012). 『그림으로 보는 세계 문화 상징 사전』(이윤기 역). 서울: 까치.

Cumming, Robert (1997). 『그림으로 읽는 그림이야기』(박인용 역). 서울: 도서출판 디자인하우스.

Endres, Franz Carl & Schimmel, Annemarie (1996). 『수와 신비의 마법』(오석균 역). 서울: 고려원미디어.

Fincher, Susan (1998). 『만다라를 통한 미술치료』(김진숙 역). 서울: 학지사.

Freud, Sigmund (1998). 『프로이트: 예술과 정신분석』(정장진 역). 서울: 열린책들.

Grimm, Brüder (2005). 『그림형제 동화전집』(김열규 역). 서울: 현대지성사.

Johnson, Robert A. (2016). 『We: 로맨틱 러브에 대한 융 심리학적 이해』(고혜경 역). 서울: 동연.

Jung, Carl G. (2013). 『인간과 상징』(이부영 외 역). 서울: 집문당.

Jung, Carl G. (2003). 『정신요법의 기본 문제: 융 기본 저작집 1권』(C. G. 융 저작번역위원회). 서울: 솔 출판사.

Jung, Carl G. (2002). 『원형과 무의식: 융 기본 저작집 2권』(C. G. 융 저작번역위원회). 서울: 솔 출판사.

Jung, Carl G. (2004). 『연금술에서 본 구원의 관념: 융 기본 저작집 6권』(C. G. 융 저작번역위원회). 서울: 솔 출판사.

Jung, Carl G. (2005). 『상징과 리비도: 융 기본 저작집 7권』(C. G. 융 저작번역위원회). 서울: 솔 출판사.

Jung, Carl G. (2006). 『영웅과 어머니: 융 기본 저작집 8권』(C. G. 융 저작번역위원회). 서울: 솔 출판사.

Jung, Carl G. (2004). 『인간과 문화: 융 기본 저작집 9권』(C. G. 융 저작번역위원회). 서울: 솔 출판사.

Jung, Carl G. (2005). 『꿈에 나타난 개성화 과정의 상징: 융 기본 저작집 5권』(C. G. 융 저작번역위원회). 서울: 솔 출판사.

Kandinsky, Wassily (1983). 『점·선·면 회화적인 요소의 분석을 위하여』(차봉희 역). 서울: 열화당.

Kandinsky, Wassily (2015). 『예술에서의 정신적인 것에 대하여』(권영필 역) 서울: 열화당.

Mahnke, Frank H. (1998). 『색채, 환경, 그리고 인간의 반응』(최승희 역) 서울: 도서출판 국제.

Neumann, Erich (1972). *The Great Mother*. Princeton: Princeton University Press// 『위대한 어머니 여신』(박선화 역, 2009). 서울: 살림.

Neumann, Etich (2010). 『의식의 기원사』 (이유경 역). 서울: 분석심리학연구소.

Oaklander, Violet (2012). 『숨겨진 보물』 (서명원 & 안연옥 역). 서울: 시그마 프레스.

Plaut, Fred 외 2인 (2000). 『융분석비평사전』 (민혜숙 역). 동문선.

Riedel, Ingrid (2001). 『융의 분석심리학에 기초한 미술치료』 (정여주 역). 서울: 학지사.

Riedel, Ingrid (2004). *Maltherpie*, Stuttgart: Kreuz Verlag // 『색의 신비』 (정여주 역, 2006). 서울: 학지사.

Ronnberg, Ami (ed. 2010). *The Book of Symbols: Reflections on Archetypal Images*. Kőln: Taschen.

Saint-Exupéry, Antoine (1993). *Der Kleine Prinz*. Germany: Karl Rauch Verlag.

Riedel, Ingrid (1943). *The Little Prince*. N.Y.: Harcourt, Brace & World.

Riedel, Ingr (2012). 『생텍쥐페리, 내 어머니에게 보내는 편지』 (김보경 역). 서울: 시공사.

Riedel, Ingr (2008). 『어린 왕자』 (강인순 역). 서울: 지경사.

Suenaga, Tamio (2001). 『색채 심리』 (박필임 역). 서울: 예경.

des Vallieres, Nathalie (2009). 『지상의 어린 왕자』 (김병욱 역). 서울: 시공사.

Vircondelet, Alain (2006). 『생텍쥐페리의 전설적인 사랑』 (이희정 역). 서울: 이미지박스.

von Franz, Marie-Louise (1987). *Der Ewige Jüngling*. München: Kösel// 『영원한 소년과 창조성』 (홍숙기 역, 2017). 서울: 한국융연구원.

von Franz, M. L. (1996). *The Interpretation of Fairy Tales*. Boston & London: Shambhala.

| 논문 |

강기수·이효진 (2014). "'어린 왕자'속 생활세계를 통해 본 아동의 현상학적 이해".『교육철학』제54집. 3-28.

고혜영 (2013). "'어린 왕자'의 연구".『동화와 번역』제25집. 15-35.

김동규 (2007). "'어린 왕자'의 동화적 특성연구".『프랑스어문교육』제25집. 193-215.

김진숙 (2010). "한국민담 '목(木)도령'의 분석심리학적 해석".『심성연구』25(2). 224-264.

박상학 (2009). "한국민담 '구복여행'의 분석심리학적 고찰".『심성연구』24(2). 174-210.

박효인 (2016). "지하국 대적퇴치 설화'의 분석심리학적 해석".『심성연구』31(1). 41-94.

박효인·신혜순 (2011). "프리다 칼로의 자화상'을 통해 본 작가의 심리분석".『심성연구』26(1). 1-35.

신곽균 (2002). "장미의 이름' 꽁쉬엘로".『불어불문학 연구』제52집. 321-351.

신곽균 (2003). "어린 왕자와 성채'를 중심으로".『동화와 번역』제5집. 173-200.

신곽균 (2006). "'어린 왕자'의 그림에 나타난 우주적 물활론".『동화와 번역』제11집. 133-170.

어순아 (2003). "어린 왕자에 나타난 상징성' 대립양상을 중심으로".『한국프랑스학연구』제27집. 133-160.

어순아 (2005). "'어린 왕자'에 대한 한국인의 이해".『한국프랑스학연구』제50집. 303-332.

여춘자 (2016). "한국 천주교 '연도'의 분석심리학적 고찰".『심성연구』31(1). 1-40.

이광자 (2010). "독일민담 '세 마리의 개'의 분석심리학적 관점에서의 이해".『심성연구』25(2). 194-223.

이광진 (2009). "'어린 왕자'의 이야기성에 대하여".『프랑스문화연구』제30집. 409-434.

장성욱 (1996). "그림속의 무의식, 어린 왕자의 그림 분석".『인문연구논집』제1집. 213-229.

장성욱 (2000). "어린 왕자 목도리의 의미 분석".『프랑스문화연구』제4집. 161-179.

장성욱 (2005). "Saint-Exupery'의 그림을 통한 정신분석". 『한국프랑스학회 학술발표회』. 193-210

장성욱 (2013). "생떽쥐뻬리 그림 속의 양성". 『프랑스문화연구』 제46집. 197-220.

황명숙 (2015). "러시아 민담 '일곱 개의 별'에 대한 분석심리학적 해석". 『심성연구』 30(1). 31-66.

| 미주 |

1) 김화영, 『어린 왕자를 찾아서』, 32.

2) 필자는 본서의 출판을 위하여 생텍쥐페리의 저서 The Little Prince (Katherine Woods가 영어로 번역, N.Y.: Harcourt, Brace & World, 1943)에 나오는 그림들을 모두 직접 그렸다. 이것은 현재 한국에서 출판되고 있는 번역서들에 나오는 그림들이 원저자의 것과 조금씩 다르기도 하고 특히 색채가 달라서 가능하면 원본 그대로 옮기고 싶어서 직접 그리게 되었다. 그러나 인쇄 과정상 색채와 종이에 따라서 약간씩 다를 수 있음을 밝히고자 한다.

3) S. Fincher, 『만다라를 통한 미술치료』, 168-169.

4) A. Ronnberg & K. Martin, The Book of Symbols, 238-240.

5) A. Theodor, 『융 심리학적 그림 해석』, 155.

6) B. Fraser, 『꿈의 해석』, 152.

7) S. Fincher, 『만다라를 통한 미술치료』, 208-210.

8) J. Cooper, 『세계문화상징사전』, 82.

9) 이부영, 『분석심리학』, 101.

10) 이부영, 『한국의 샤머니즘과 분석심리학』, 344.

11) S. Fincher, 『만다라를 통한 미술치료』, 91-94.

12) A. Theodor, 『융 심리학적 그림 해석』, 94.

13) 이부영, 『분석심리학』, 298.

14) M. L. von Franz, Der Ewige Jüngling, 18.

15) W. Kandinsky, 『예술에서의 정신적인 것에 대하여』, 67.

16) S. Fincher, 『만다라를 통한 미술치료』, 182.

17) J. C. Cooper, 『세계문화상징사전』, 68.

18) J. C. Cooper, 『세계문화상징사전』, 306-307.

19) A. Ronnberg & K. Martin, The Book of Symbols, 194-196.

20) 이부영, 『분석심리학』, 124.

21) 이부영, 『분석심리학』, 111.

22) B. Fraser, 『꿈의 해석』, 121-129.

23) 여성 속에 존재하는 남성적 속성을 아니무스(Animus), 남성 속에 존재하는 여성적인 속성을 아니마(Anima)라고 한다. 전인적인 인격이 되기 위해서는 여성성과 남성성이 균형 있게 발달해야 한다.

24) 이부영, 『분석심리학』, 232-233.

25) 『어린 왕자』(강인숙 역), 9-10.

26) 이부영, 『분석심리학』, 85.

27) 페르소나'란 고대 그리스의 연극에서 배우들이 쓰던 '가면'을 나타내는 말로 '외적 인격' 또는 '가면을 쓴 인격'을 뜻하는 말이다. 우리나라의 탈춤에서도 노인의 탈을 쓰면 노인이 되고 왕의 탈을 쓰면 왕이 되는 것처럼, 그 자체가 본질적인 것은 아니다. 사람의 마음은 의식과 무의식으로 이루어지며, 그림자와 같은 페르소나는 무의식의 열등한 인격이며 자아의 어두운 면이라고 볼 수 있다. 자아가 겉으로 드러난 의식의 영역을 통해 외부 세계와 관계를 맺으면서 내면세계와 소통하는 주체라면, 페르소나는 일종의 가면으로 집단 사회의 행동 규범 또는 역할을 수행하는 것이다. 이처럼 페르소나는 자신으로서 나보다 타인에게 보이는 나를 더 중요하게 생각하는 특징을 가지고 있는데, 이는 진정한 자기(Self)와 다른 것이다. 이부영, 『분석심리학』, 96-97 참조.

28) 예수의 공생애는 요르단 강 근처, 로마 유대와 트랜스요르단의 시골에서 세례를 받으며 시작하고, 그의 문도들과의 최후의 만찬을 따라 예루살렘에서 끝난다.

29) M. L. von Franz, Der Ewige Juengling, 31.

30) J. C. Cooper, 『세계 문화 상징 사전』, 123-124.

31) A. Ronnberg & K. Martin, The Book of Symbols, 380.

32) J. C. Cooper, 『세계 문화 상징 사전』, 156.

33) J. C. Cooper, 『세계 문화 상징 사전』, 368.

34) N. Vallieres, 『생텍쥐페리: 지상의 어린 왕자』, 112-113.

35) 이부영, 『분석심리학』, 97.

36) R. A. Johnson, 『We: 로맨틱 러브에 대한 융 심리학적 이해』, 180.

37) M. L. von Franz, Der Ewige Juengling, 72.

38) J. C. Cooper, 『세계 문화 상징 사전』, 242.

39) F. C. Endres & A. Schimmel, 『수와 신비의 마법』, 127.

40) J. C. Cooper, 『세계 문화 상징 사전』, 140.

41) S. Fincher, 『만다라를 통한 미술치료』, 91-94.

42) 이부영, 『분석심리학』, 130.

43) M. L. von Franz, Der Ewige Juengling, 73.

44) M. L. von Franz, Der Ewige Juengling, 72.

45) M. L. von Franz, Der Ewige Juengling, 80.

46) 이부영, 『한국의 샤머니즘과 분석심리학』, 439.

47) 이부영, 『분석심리학』, 101-113.

48) 이부영, 『아니마와 아니무스』, 2003: 85-86.

49) F. Plaut 외 2인, 『융분석비평사전』, 42.

50) 이나미, 『융, 호랑이 탄 한국인과 놀다』, 163.

51) 어린 왕자(강인순 역), 2008: 51.

52) 이부영, 『분석심리학』, 108-109.

53) 이부영, 『자기와 자기실현』, 44.

54) J. Campbell & B. Moyers, 『신화의 힘』, 251-252.

55) S. Fincher, 『만다라를 통한 미술치료』, 106.

56) J. C. Cooper, 『세계 문화 상징 사전』, 225.

57) 권석만, 『현대 이상심리학』, 525.

58) Saint-Exupéry, Antoine, 『생텍쥐페리, 내 어머니에게 보내는 편지』, 108. 그림 참조: 18세 때 어머니에게 보낸 편지에 어머니를 그린 그림이다.

59) 권석만, 『현대 이상심리학』, 197-198.

60) A. Theodor, 『융 심리학적 그림 해석』, 102.

61) M. L. von Franz, 『영원한 소년과 창조성』, 103-104.

62) M. L. von Franz, Der Ewige Jüngling, München, 100-101.

63) M. L. von Franz, Der Ewige Jüngling, München, 101-102.

64) M. L. von Franz, Der Ewige Jüngling, München, 99-100.

65) W. Kandinsky, 『점 선 면: 회화적인 요소의 분석을 위하여』, 17.

66) A. Theodor, 『융 심리학적 그림 해석』, 147-148.

67) J. C. Cooper, 『세계 문화 상징 사전』, 140.

68) S. Birkhäuser-Oeri, 『민담의 모성상』, 108.

69) J. C. Cooper, 『세계 문화 상징 사전』, 55.

70) C. G. Jung, 『인간과 상징』, 324.

71) I. Riedel, 『융의 분석심리학에 기초한 미술치료』, 231-232.

72) A. Theodor, 『융 심리학적 그림 해석』, 94.

73) I. Riedel, 『색의 신비』, 104.

어린 왕자 그림 해석

그 림 으 로 보 는 생 택 쥐 페 리 의 심 리 이 해

초판인쇄 2019년 10월 25일
초판발행 2019년 10월 25일

지은이 신혜순
펴낸이 채종준
펴낸곳 한국학술정보㈜
주소 경기도 파주시 회동길 230(문발동)
전화 031) 908-3181(대표)
팩스 031) 908-3189
홈페이지 http://ebook.kstudy.com
전자우편 출판사업부 publish@kstudy.com
등록 제일산-115호(2000. 6. 19)

ISBN 978-89-268-9672-3 93860